「ちなみにですが、体調が悪くなり始めたのはいつ頃からでしょうか？」
「ここ一ヶ月くらいで急激に、だな」

「殴ろうとした！　お姉様を殴ろうとした！」
「ち、ちがう！　違うんだセレネ。これはこいつが生意気なことを言うから」

「平民がどうして貴族側の校舎にいらっしゃるのかしら?」
「案内板に書かれた通りに歩いていただけなんですけど……」

「アリアと一緒なら
どんなことだって
乗り越えられそうだね。
僕もアリアが安心して
肩を預けてくれるように頑張る」

気弱令嬢に
成り代わった
元悪女

Kiyowa reijou ni
narikawatta
motoakujo

02

[著] 白猫
[画] 八尋八尾

Contents

Kiyowa reijou ni narikawatta motoakujo

02

〔第1章〕 二年後

「アリアドネ様。今日もいいお天気ですね」

シャッとカーテンが引かれ、寝ぼけ眼の私はあまりの明るさに顔を歪《ゆが》めてシーツを頭から被《かぶ》る。

「いつも私が来る頃には起きていらっしゃるのに、また夜更かしして本を読んでいらしたのですか？　たまのお寝坊はよろしいと思いますが、夜更かししてというのはいただけませんね。年頃のお嬢様なのですから睡眠は大事なのですよ？」

「ミア……カーテン、閉めて」

「おはようございますアリアドネ様！　さあ、朝ですよ！　起きましょう！」

専属侍女であるミアは私のお願いを聞くことなく、非情にもシーツを剝ぎ取った。

酷《ひど》い。

「今日はどこにも行かないのだから、お昼まで寝させてくれてもいいじゃないの……」

「何を仰《おっしゃ》っているのですか。今日はアリアドネ様とセレネ様が学院に入学される前日ですよ。お屋敷で過ごす最後の一日ではありませんか」

「大袈裟《おおげさ》よ……。一応寮には入るけれど長期休暇には戻ってくる予定だし、今生の別れでもないでしょうに。そもそもミアとリサは専属侍女として寮に付いてくるでしょう」

「私やリサだけではなく皆です。アリアドネ様がいらしてから二年近くずっと仕えてきたのです。使用人一同も寂しく思っているのですよ。一番は旦那様でしょうけれど」

ミアの言った通り、アリアドネの両親と兄が離宮に送られてから早いものでもう二年近く経《た》っていた。

これまでの間、私やセレネのことを考えて他家との交流をほぼ持たず、エリックの計らいでリーンフェルト侯爵家にだけ訪れることがあった。

テオドールと話したり出かけたりクロードと雑談をしたり、そういったことをしながらエリックに守られ、使用人達に甘やかされて暮らしてきたわけである。

そして今年、私は貴族の子息令嬢達が通う学院に入学することになっている。

二十年以上前に在籍はしていたので不安はあまりないが、本来の年齢からすると年下の生徒達と一緒に学ぶという点だけは複雑な気持ちを抱いていた。

しかも、以前とは違い校舎は違うが優秀な平民も入学できるように変わっているとも聞いている。

また、ある事情から一年早くセレネも入学することになっている。彼女のことだから上《う》手《ま》くやるだろうとは思っているが、姉として心配なところもある。

「今からでも自宅通学に変えようかしら」

「使用人としては嬉《うれ》しいところですが、フィルベルン公爵家の決まりですからね」

「そんな決まりは私の代で破ってやるわ」

「はいはい。さぁ、顔を洗ってお着替えして朝食に参りましょう。セレネ様がお待ちですよ」

二年も経てばミアの私に対する扱いが上手くもなる。

最初の頃にあった遠慮はもうなく、軽口を言い合うくらいには信頼関係を築いている。

もう少し寝ていたかったけれど、起こされては仕方がない。

ミアに手伝ってもらいながら顔を洗って身支度を調える。

鏡に映るのは二年前とは違い健康的な顔色で年相応の顔立ちの私。毎日ケアしているからか髪の艶もありサラサラの髪。

心なしか肌も白くなったような気がする。

こうして見ると、アリアドネは他の令嬢に引けを取らない美少女である。

「……また、ご自分のお顔に見惚《みと》れているのですか？」

「自分の顔に自信を持つのはいいことなのではないかしら」

「いいことですが、慣れるものではないのかと思いまして」

「あら、自己肯定感を高めるのは大事よ？」

だから何も問題はないと私が言うと、ミアは「はいはい、そうですね」と言って笑顔のまま手を動かして髪のセットを終わらせた。

軽くあしらわれているような気もするが、ミアだからいいか。

そんなこんなで支度が終わり、食堂へ行くために立ち上がる。

「じゃあ、行きましょうか」

ミアにではなく自分に気合を入れるための言葉。

彼女もそれを分かっているからわざわざ返事をすることはない。

窓から入ってくる心地よい風を感じながら、私は食堂に入った。

「お姉様、おはようございます」

入ってきた私にいの一番に挨拶をする可愛《かわい》らしい妹のセレネ。

背も伸びて顔つきも大人びたというのに、私に対する態度は変わらない。

「おはよう、セレネ。おはようございます、エリック兄様」

セレネとエリックに挨拶をしつつ、私は彼女の隣の席に腰を下ろす。

この二年近くで私のエリックへの呼び方はエリック兄様に変わっていた。

エリック様と呼んでいたら「距離を感じるから嫌だ」と言われてしまったからだけれど。

なんだかんだで彼は私とセレネを大事にしてくれて可愛がってくれている。

必要以上の教育を受けさせてくれて、オペラや演奏会などに連れて行ったりしてくれた。

そのせいなのか分からないが、今も彼は独身。浮いた噂《うわさ》がひとつもないのがこちらとしては心配でもある。

「おはよう、アリアドネ。また読書をしていて寝坊したのかい？　入学前日だからセレネは不安で早くに起きてしまったというのにね。それとも心配や不安で眠れなかったとか？」

「セレネもいますし大丈夫ですが、他の貴族の子息令嬢が大勢いる場は少しばかり緊張しますね」

「確かに会ったこともない知らない子達の方が多いからね。君達を世間から守るためにあまり他家と交流してこなかったのが響かないといいけれど」

「最初は名前と顔を覚えるのが大変でしょうけれど、慣れれば大丈夫だと思います」

エリックを安心させるように微笑《ほほえ》むと、彼は困ったように肩をすくめた。

どうやら彼の発言の意図とは違う反応をしてしまったようだ。

「他家と交流しなかったから、アリアドネに関する噂を払拭できていないんだよ。それに関して君が何か嫌な思いをしてしまうのでは？　と思ってね」

「ああ、そういうことですか。なら心配はいりません。実際の私を見れば噂と違うのは一目瞭然でしょうから」

「相変わらず肝が据わっているね。まあ、馬鹿なことを言ってくる人が出ても一学年上に皇太子殿下もいらっしゃるし、大きな騒ぎにはならないだろう」

ということは、皇帝から皇太子に私に関することで報告でもされているのだろうか。

フォロー態勢は整えていると考えてもいいみたいだ。

そもそも、本年度から皇太子と四大名家の子息令嬢が揃《そろ》うから、というのもありそうだけれど。

「お心遣いに感謝します。騒ぎになって迷惑をかけないようにします」

「迷惑なんていくらでもかけていい。君達には学院生活を楽しんでほしいし、いい思い出を作ってもらいたいと思っているからね。だから、騒ぎになったらすぐに出ていく準備はしているから安心して」

「準備万端ですね」

過保護だなと思わず笑ってしまう。

けれど、その気持ちが嬉《うれ》しいのも事実だし、胸を張ってエリックが人に自慢できるような人間になりたいとも思う。

だからできれば揉《も》め事は起きないで平穏無事に学院生活を送りたい。

「そりゃあ、これぐらいしないと心配だからね。フィルベルン公爵家の令嬢だからと寮も屋敷の侍女付きで、個人のいい部屋を用意してくれるって言っても、四六時中ミアやリサが君達の側《そば》にいられるわけでもないし」

数多《あまた》の修羅場をくぐり抜けてきた経験があるから、学院の子供達の相手などたやすいのだけれどね。

エリックはそれを知らないから私が傷つかないように手を回してくれている。

騙《だま》しているようで少し罪悪感を持ってしまう。

一番は何事もなく学院生活が送れればと思うものの、私の立場だと周りが放っておいてくれないだろう。

なんせ学院には兄のアレスがいるのだから。本来ならもう卒業しているが、彼が駄々をこねた結果、学院の職員として在籍しているのだ。

嫌でも顔を合わせるだろうし、二年近く経っても性格が変わっていなければちょっかいを出してくる可能性もある。

それでなくても今年は私だけではなく……と考えていたところでエリックが口を開いた。

「それよりも、学院生活で不都合があったりトラブルに巻き込まれたりしたらすぐに言うこと。いいね。面倒な人物がいることを忘れちゃいけないよ」

エリックもアレスのことを警戒しているらしい。

今は私一人ではなく、エリックもクロードもエドガーもいる。何よりセレネがいる。

味方がいるということは心強いものだなと感謝したくなる。

「不穏な動きを見せたらすぐにエリック兄様に連絡します」

「いい子だね。……ミアもリサも目を光らせておくように」

「はい」

一気に食堂の空気が張り詰めたが、話を理解しているにもかかわらず隣に座っていたセレネが私の袖を引っ張った。

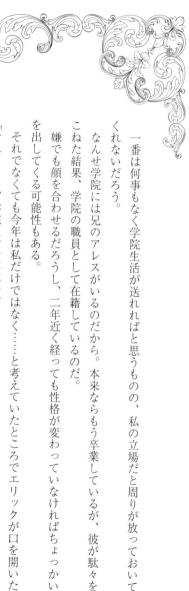

そちらに目をやると彼女は上目遣いで私を見つめている。

「お姉様、学院で無礼な態度を取られたらすぐに私に教えてね」

「……それぐらい自分で対処できるから大丈夫よ。妹に庇《かば》われる姉だなんて情けないでしょう」

「もう！　お姉様がご自分で何でもできるって分かってるわよ！　私はただ、その人間を把握して目を光らせておいて二度目があれば首を狙うつもりなだけ……！」

「穏便に解決なさいな……。一年早く入学するだけでも目立つというのに、自ら居心地を悪くするようなことはしないの」

私を想ってくれる気持ちはありがたいが、むやみやたらと敵を増やすのもよくない。

だから冷静になってね、と言ったのに、セレネの鼻息は荒い。

そもそも、彼女の入学は来年のはずだったのだ。

なのにセレネが熱望し、職員として兄のアレスがいるということもあって、エリックがほぼ形骸化していた学院の入学資格の例外を利用したのである。

それは入学する年齢に達していなくても、同等もしくはそれ以上の学力を持っていると証明できた場合、入学を許可する、といったものだ。

今は証明する方法として平民が受けるかなり難しいと言われる入学試験で上位の成績を収める必要があり、セレネはそれを証明したというわけだ。

「だってお姉様はお優しいから、罰を与えないのだもの。もっと厳しくしてもいいのにって私もテオドール様も思っているのよ」

「口だけの攻撃に手を出すのはやりすぎだからよ。勿論《もちろん》、フィルベルン公爵家を侮辱するようなことを言われたら対処はするけれど、言ってくるのは私のことだけだもの。軽く言い返すぐらいにしておかないと、ムキになったらこちらが不利になるだけだわ」

「……お姉様の考えは素敵だと思うけれど、やっぱり私はお姉様を馬鹿にされて黙っていられないわ。テオドール様もお姉様は優しすぎて我慢してため込むんじゃないかって心配しているんだからね」

確かにセレネから見たら言いたい放題言われているだけに見えるのかもしれない。

だからといって毎回反応して制裁していたらキリがないのだ。

ある程度、線を引いておかなければいけないのだが彼女からしたらもどかしいのだろう。

それにしてもテオドールとそういった話をしていたとは意外だった。

などと思っていると、セレネは驚くべきことを口にする。

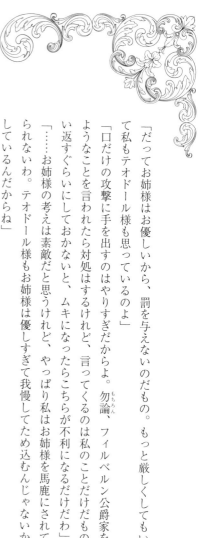

「テオドール様もお姉様が他の子息令嬢達からあれやこれや言われてため込んで、心を病むのではないかと案じて私と一緒に試験を受けたのだから」

「は？」

「お姉様のために行動できるテオドール様は凄《すご》いわよね。しっかり合格して入学するのだから、やっぱり私が認めた男なだけあるわ」

「初耳なのだけれど……！」

「そりゃあ初めて言ったもの。言ったら絶対にお姉様は遠慮して止めようとするってリーンフェルト侯爵が仰るから黙っていたの」

えへっと効果音がつきそうな笑顔で言ってのけるセレネ。

クロードの奴《やつ》……。前日に分かってからでは苦情も言えないじゃないか。

自分を慕う人の目があれば私も無茶しないだろうとか思っているのだろうが、言っても大人なのだからそこまで心配しなくてもいいだろうに。

「一応確認しておきたいのだけれど、テオ様はご自分の意思で試験を受けられたのよね？」

「もちろんよ。私が試験を受けるって言う前に伝えてきたもの。テオドール様もお姉様のことを考えているのね。一緒にお姉様をお守りしましょうねって固い握手を交わしたわ」

「いつも張り合うのに、どうしてそういう面で考えが一致するのかしらね」

けれど、セレネの話を聞いてホッとした。

自分の意思を抑えて誰かに強制されたわけではないのなら、それで良い。

それにしてもセレネの方が絶対にテオドールとの相性は良さそうなのに、相も変わらず彼は私を好きでいてくれて色々と気遣ってくれている。

実際に何度か家族ぐるみで旅行に行ったりはしたけれど。

誰かから愛されるというのは過去の私が体験していないことだから、どう反応すればいいのか分からないところもある。

けれど嫌な気持ちにはなっていないし、むしろこんな自分を好いてくれてありがたいとも思う。

問題は、その気持ちを受け入れる資格が果たして私にあるのだろうか、という点だ。

「とにかく、私とテオドール様が目を光らせておくから心配しないで」

「本来なら来年入学の予定だったのに、勉強までして付いてきてくれてありがとう。あと目を光らせるのはほどほどにね」

「一年早いのは何の負担にもなっていないわ。だって、私はお姉様と学院に通えることにワクワクしているんだもの。お姉様が楽しい学院生活を送れるように精いっぱい頑張るわ！」

「その台詞《せりふ》に不穏な空気しか感じないわ……」

記憶にある限りでは学院は魔物の巣窟のような場所ではなかったはずだ。

多少人付き合いが面倒で家によって力関係が変わるくらいだろう。

ああでも、校舎は別とはいえ平民も通うようになったみたいだから、それも関係しているのだろうか。

何にせよ、私は無難に学院生活が送れればそれでいいのだけれどね。


入学式当日。

朝から使用人達が屋敷内を行ったり来たり、バタバタと慌ただしい様子を見せている。

すでに制服に着替えた私はゆっくりと朝食をすませ、情報収集のために今日の新聞を読んでいた。

劇場の改装が終わったとか、新作ドレスの発表会があるとかオドラン子爵夫人の慈善事業の件だとか平和な記事ばかり。

けれど、ひとつだけもの凄く小さな記事ではあったが『また貧民街で不審死』との記事があった。

貧民街のことが載っているのは珍しいと思って読み進めると、亡くなった人は発熱していたものの死ぬほどではなかったとのこと。

なのに、いきなり苦しみ出して呼吸ができなくなって死に至ったと書かれている。

危ない薬でも流行《はや》っているのだろうか。

貧民街でこういったことが起こるのは珍しくはないが、新聞に載るほどだ。

物騒だなと思っていると、対面にいたセレネが声をかけてきた。

「……やっぱりお姉様の制服姿、とってもいいわ」

「セレネもよく似合っているわよ」

「お姉様が着るから特別なの。白のケープが上品さを際立たせているわ」

似合っているか似合っていないかで言えば自画自賛になってしまうが、似合っていると は思う。

だが、そこまで褒められるほどではないと思うのだけれど。

学院の制服は金の縁が入った短めな丈の白のケープに深緑のチェックのワンピースで 二十二年ほど前のデザインと何も変わっていない。

着用する人間の見た目が全く違うのだから印象も当然違うのは分かるが、誰が着てもさして変わらないのでは？　というのが本音だ。

「学院の令息はお姉様に見惚《みと》れてしまうわね」

「大袈裟よ。その立場になるのはセレネだと思うわ」

まるで小動物のような愛らしさを持ちながら自信に満ち溢《あふ》れているセレネ。

彼女の姿は見る者を魅了する力があると私は思っている。

人目を引くのは圧倒的に彼女の方だ。

「……そこが問題なのよね。とっても不満だけど、お姉様の印象は以前と同じままで固定されているだろうし、私と一緒だと迷惑をかけてしまうかも」

自分の愛らしさを自負している自己肯定感の高さは非常に良いと思う。

私の立場を客観的に見られるのも視野が広くて素晴らしい。

本当に成長したものだ、と思いながら私は口を開いた。

「別に入学早々、目立ちたいだなんて思っていないわよ。迷惑になんてならないわ」

「いいえダメよ！　お姉様の印象を覆す大事な初日なのだから、私がいては足を引っ張ってしまうわ……！　リサ、今から学院に向かうわよ」

「ま、待ちなさい！　一緒に行けばいいでしょう？　ちょっとセレネ！」

私の言葉などセレネには届いていないのか、彼女はいつの間にか荷物をまとめたリサと共に部屋を出ていってしまった。

「成長しても思い込んだら即行動のところは変わらなかったわね……」

こうと決めたら他の人の声が耳に入らなくなるところもだ。

せっかく姉妹で一緒に行けると思っていたのに、と私は残念な気持ちになる。

「こうなったら、少し早く私も向かうしかないでしょうね」

苦笑しながら私は玄関に行き、使用人にエリックを呼んでもらう。

少しして、笑みを浮かべた彼が現れた。

「セレネは先に行ってしまいましたので、私もこれから行って参りますね」

「バタバタと慌ただしく屋敷を出ていく姿を見ていたよ。ああいう面を見るとまだまだ子供だなと実感するね。セレネが無茶をしないように気を付けて見てあげて」

「テオ様もいらっしゃるので大丈夫だとは思いますが、気を付けます。では行って参ります」

「頑張りすぎないようにね。無理をして倒れることにはならないように。いってらっしゃい」

エリックと使用人達に手を振り、私とミアは馬車に乗り込んで学院へと向かった。

学院は皇都の東に位置し、強固な壁で囲まれた要塞《ようさい》のような場所。

中に入るだけでも二重三重のチェックがあり、それらを越えてようやく敷地内に入れる。

ベルネット伯爵家令嬢だった頃は確認だけで時間を取られていたが、四大名家のフィルベルン公爵家ともなれば待ち時間は非常に短い。

あまり時間もかからず私達は学院へと到着した。

「では、私は寮のお部屋に荷物を運びに参ります。お気を付けていってらっしゃいませ」

「頼むわね。終わったらセレネと寮まで行くから迎えはいらないわ」

「畏《かしこ》まりました」

ミアに荷物を託し、私は入学式が行われる講堂に向かう。

歩いていると周囲から浴びせられる好奇心に満ちた視線の数々。

侍女付きで来る人間なんて皇族や四大名家、それに上位貴族くらいしかいないから、私がどこの家の令嬢なのか気になるのだろう。

だが、彼らの好奇心に応える義理はないので無視して歩き出す。

それとなく周囲を見てみるが、セレネの姿もテオドールの姿もない。

すでに講堂に行ってしまっているのかもしれない。

歩いている途中で制服の色が違う生徒を数人見かけたが、彼らは固まって移動しており物珍しそうに校舎を眺めていたので平民の入学生なのだろう。

(入学式は一緒だけれど校舎は違うし知り合うことも難しいかもしれないわね。色々な立場の人達と知り合った方が見識が広がるし情報も得やすいから私としては歓迎なのに残念だわ)

貴族だから偉いだとか平民だからどうこう言う価値観を私は持っていない。

どの立場でも良い人もいれば悪い人もいる。それだけのこと。

(という私の考えが普通からかけ離れていることも理解はしているけれどね。でも、あのように制服の色が違うと無用なトラブルに巻き込まれるのではないかしら？　……ほら、あのように)

視線の先にはクリーム色のケープにチェックの入っていないワンピース姿の女子生徒が貴族の令息達に囲まれていた。

その内の一人の令息は顔を真っ赤にして怒鳴っており、何度も頭を下げていた女子生徒の表情は怯《おび》えていた。

その姿を見た私はため息を吐《つ》きながら足を止める。

「どこ見て歩いているんだよ！　平民のくせに貴族にぶつかるなんて何を考えているんだ！」

「ごめんなさい……！」

「謝るだけなら誰だってできるんだよ！」

「お前新入生だよな？　貴族にぶつかるような奴に入学する資格なんてない。お前みたいな奴は学院の生徒に相応《ふさわ》しくないから辞退してそのまま帰れよ」

「そんな！」

「平民の分際で貴族にぶつかったんだからそれぐらいして当然だろう！」

なんと小さな男達だろうか。

一言二言文句を言ってさっさと立ち去ればいいだけの場面ではないか。

しかし、ああまで強く当たるということは大方、威張れる相手が平民しかいない下位貴族なのだろう。

あのようなことをするよりも礼儀や紳士としてのあり方を学びなさいよと呆《あき》れてしまう。

立ち止まって絡まれている女子生徒をジッと凝視していると、彼女も私の視線に気付い

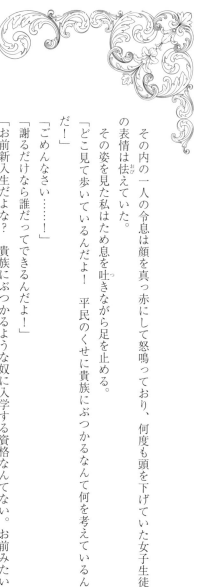

たようで目が合った。

私が見ている理由が分からないのか、彼女は怯えながら首を傾《かし》げている。

「おい、どこを見ているんだよ！」

振り向いた令息の一人と目が合ったので優雅に微笑んでみせた。

貴族の令嬢に見られていたというのが恥ずかしかったのか、彼は先ほどまでの勢いをなくしたようだ。

よかった。「平民の方を相手に元気な皆様ですね」と言わなくて。

ただ、黙ったままでいるのは不自然だ。

「……入学式に遅れてしまいますよ」

「いや……その、こいつが」

「貴方《あなた》にぶつかったのですよね？　丁寧に説明していらしたので事情は把握しております。ですが、ここは学院内ですので個人で解決なさるよりも先生に報告して解決していただいた方が角が立たないと思いますが」

「でも」

「そちらの女子生徒の方も悪気があってぶつかったわけでもありませんし、このような建物や景色も見慣れず、注意を疎《おろそ》かにしていたところもあるのでしょう。お見受けしたところ、次から気を付けて、と広い心で受け止められる令息方だと思うのですが……」

片手を頬に当てて困ったような表情を浮かべてみると、彼らは顔を見合わせて私に軽く頭を下げて去っていった。

名前と顔を知られていたら舐《な》められていたところだった。よかった、入学式の前で。

ホッと息を吐いて残った女子生徒に視線を向けると、彼女は私に深々と頭を下げていた。

「あの、ありがとうございます」

「彼らが学院に相応しくない見苦しい姿を見せておいででしたので、つい口を出してしまっただけよ。貴女《あなた》も物珍しいでしょうけれど、前を見て歩いた方がよろしくてよ」

「はい……気を付けます」

「それと、入学式以外で貴族と会うことはないでしょうけれどひとつだけ。貴族間でも家柄が上の者が声をかけない限りは先に声をかけてはいけないことになっているの。気を付けなさいね」

今し方自分から声をかけたことを思い出した女子生徒は、しまったと青ざめている。

「けれど、今のは私が先に声をかけるべきだったわね。そういったしきたりをご存じでないことを失念していたわ」

「いえ、教えてくれてありがとうございます！　次から気を付けます」

「では、私はこれで。貴女も入学式に遅れないようにね」

そう言って私は相手の反応を見ることなく講堂へと足を動かした。

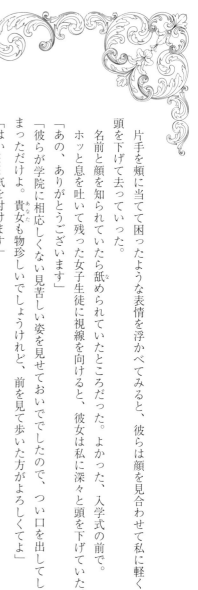

背後から足音が聞こえなかったことを考えると、彼女は私の姿を見送った後で移動でもするのだろう。

（入学初日、それも入学式も始まっていないのに首を突っ込んでしまったわ……）

エリックが見たら「ほーら！」とでも言うかもしれない。

いや、だが私が出なければもっと大変なことになってしまっていただろうし……。

他の生徒の注目を浴びてしまったけれども……！

大丈夫よね？　と視線だけを動かしてみると、少し離れたところで五人ほどの女子生徒の集団がこちらを見ていた。

その中心で気が強いのがヒシヒシと伝わる容姿の女子生徒が私を睨《にら》みつけていた。

（あの目……随分と私に敵対心を抱いているわ。姿勢の良さや気品から見るに彼女は四大名家のご令嬢かしら？）

四大名家の令嬢であれば、できれば仲良くとまでは行かないがいがみ合うことはしたくないと思っていた。

けれど、あの目をしている以上は難しいかもしれない。

突っかかってこなければいいわね、と思いながら私は講堂に到着した。

到着してすぐにセレネに声をかけられ、私達は上位貴族が座る場所に腰を下ろした。

入学式は皇帝や学院長の挨拶などがあり、生徒達の相談役としてオドラン子爵夫人という人が紹介された。


帝国内に多い濃いブラウンの髪にアッシュグレイの瞳。

特に目立つ容姿ではなく、大人しそうであまり印象に残らないタイプの人に見えた。

（今朝、新聞で慈善事業の件で記事になっていた方ね。穏やかそうな方だけれど、これだけの人の前で淀《よど》みなく話せるのだから心臓が強い方のようだわ）

生徒の相談役を務めるくらいだから社交界でそれなりの地位を築いているのだろう。

オドラン子爵夫人の挨拶の言葉に生徒達が静かに耳を傾けている。

彼女は平民であろうと貴族であろうと学ぶ権利があること、平民貴族など関係なく学んでほしいというようなことを話していた。

性善説を信じているタイプに見えるが、話し方が少々大袈裟なところが少し気になった。

胸に何も響いてこない。うわべだけの言葉を言っているというか……。心からの言葉とはどうも思えない違和感を覚えたのである。

だが、粛々と式は進行していき、意識がそちらに向けられたことで入学式が終わる頃には彼女のことはすっかり記憶の彼方に追いやられていた。

入学式が終わり、生徒達は帰宅する者や寮に向かう者で分かれる。

残念ながらテオドールの姿を見つけることはできなかったが、セレネと共に講堂を後にして指定されていた寮の最上階にある部屋に入った。

「おかえりなさいませ。入学式はいかがでしたか？」

「特に何もなく普通に終わったわ」

出迎えてくれたミアに苦笑しながら報告をして私は部屋を眺める。

それほど時間も経っていないというのに部屋はすでに綺麗《きれい》に片付けられていた。

あの大荷物を全て整理したのかと彼女の手腕に驚いてしまう。

「それにしても広いわね。いくつ部屋があるのかしら？」

「私の部屋を抜くと三部屋ですね。私も学院にお供したことはありませんので、部屋に入ったときは驚きました」

「三部屋……」

小さな屋敷といってもいいくらいだ。

ベルネット伯爵家令嬢だった頃は二人部屋だったのに、上位貴族は凄い。

しかも私とセレネは同室ではなく、それぞれ個人部屋があるというのだからなおさらである。

……ああ、そうだ。

「ちょっと聞きたいんだけれど、明るめのベージュ色の髪で澄んだグリーンの目をしたご令嬢に心当たりはあるかしら？」

「アリアドネ様と同学年でそのような特徴のある方ですと、四大名家のひとつであるエレディア侯爵家ご令嬢のミランダ様ではないでしょうか。……まさか！　初日に何か言われたのですか!?」

「言われていないから落ち着いて……！　あと目つきが悪いとか噂はある？」

「……目つきですか？　いえ、そういった噂を耳にしたことはございませんが」

なら、あれはやはり睨まれていたのか。

気が強そうな顔をしていたし、ぶつかる可能性が高くなった。

しかも四大名家の令嬢だとは……。

平穏無事に学院生活を送りたいと思っていたけれど、前途多難である。

翌日、屋敷を離れて自分でも知らぬ間に緊張していたのか、予定よりも早く私は目が覚めてしまった。

「さすがにこの時間じゃミアはまだ起きていないわね」

軽くあくびをした私はミアを起こすのも悪いと思って一人で身支度を調えた。

鏡に映る自分の姿を見て、まさかまた学院に通うことになるとは、と苦笑する。

生前はクロードに勝つことしか考えていなかったから学院では知り合いを多く作っていたものの深く付き合う人はいなかったし、ほぼ勉強しかしていなかった。

だから、今回は他人を拒絶することなく友人の一人や二人作ってみたい。

学院生活を楽しみたいという気持ちが強い。

「アレスがいる時点で難しいかもしれないけれどね」

あとミランダの存在もだ。

学院の女王様になりたいのであれば、快く譲るので敵対してこないでほしいところだ。

本当にできれば放っておいてほしい……と思っていると、ノックの後に扉が開いてミアが室内に入ってくる。

彼女はすでに起きていた私に目を丸くしていたが、それも一瞬のことですぐに「おはようございます」と声をかけてくる。

「少し早いですが朝食をお持ちしましょうか？」

「ええ。お願い」

反射的にお願いしたが、上位貴族ともなると部屋まで持ってきてもらえるのか。

生前は寮の食堂しか利用できなかったというのに、扱いの差に驚いてしまう。

そう思っている間に朝食が運ばれてきて、フィルベルン公爵家のメニューと遜色ない内容に驚きつつも食べ終えた。

まだ時間があったので教科書を読んでいると、ノックの音とともにセレネが部屋に入ってくる。

「お姉様、教室に行きましょう！」

「まだ早いわよ」

「もう！　初日が大事なのです！　特に今年は皇太子殿下と四大名家の子息令嬢が揃う貴重な年なのですよ？」

「そうだったわね。昨日エレディア侯爵家のミランダさんは確認したけれど。そういえば残りの四大名家のご令嬢はサベリウス侯爵家のシルヴィアさんだったわね。私達の一学年上だったはずよね。これまでお顔を拝見したことがないからどのような方なのか楽しみだわ」

四大名家と言われるフィルベルン、リーンフェルト、エレディア、サベリウス。

昨日はミランダに会えたが、シルヴィアは名前だけしか知らない。

確か皇太子の婚約者だったはず。

穏やかな方だったらいいのにと思っていると残念そうな表情を浮かべたセレネが口を開

いた。

「えーと……シルヴィアさんのことなのだけれど。昨日リサに聞いたら病欠でずっと休んでいるみたいなの」

「……お体が弱い方なのかしら？」

「多分？　入学してからずっとって言ってたわ。だから生徒達は誰もシルヴィアさんのお顔を知らないのだって」

「籍だけ置いているという状態なのね。でも誰もシルヴィアさんのお顔をご存じないなんてことあり得るのかしら」

生前はとにかく顔を知られなければ、顔を売らなければと色々なところに出ていた私からすると不思議に思う。

けれど、今の私やセレネもあまり貴族と交流がなかったし、四大名家ともなれば顔を売る必要もないから仕方ないのだろうか。

「さすがに皇太子殿下はお顔をご存じなんじゃない？　でも卒業するまではシルヴィアさんのお顔を見る機会は来なさそう」

「そうね。早く体調が良くなればいいのだけれど」

一度も授業に出なくても多額の寄付さえすれば卒業はできるのだから、優遇されている。

それが良いか悪いかを論じる立場ではないけれどね、と思いながら私とセレネは授業の

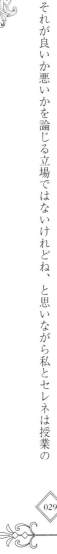

話をしながら教室に向かった。

向かっている途中でゆっくりと歩いているテオドールの姿を発見した。

彼は私達の姿を見つけるとニッコリと微笑みを浮かべた。

「おはよう。アリア、妹君」

「テオ様、おはようございます」

「入学式には参加できずにアリアと会えなかったから、今日こそは会おうと思って早くから待ってたんだ」

「前日にテオ様が学院に入学されることを聞いたのに見当たらなかったので、不思議に思っていたのですが何か予定があったのですね」

「そうなんだよね。……でも待っててよかった。アリアの制服姿、大人っぽくてすごく似合ってるし素敵だと思う」

「ありがとうございます。テオ様もお似合いですよ。それに以前お会いしたときよりも背が高くなりましたか？　いつの間にか抜かされてしまいましたね」

言葉通り、テオドールの背はすっかり私を追い抜いている。

男の子の成長って早いわね、と感慨にふけってしまう。

そういえば同じ年の頃だったクロードもこのくらいの身長だった気がする。

懐かしいものだ。

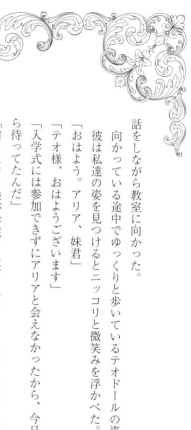

「夏の間に一気に伸びたんだ。アリアと同じ身長だとちょっと男として悔しかったから抜けて嬉しいな」

照れ笑いを浮かべながら、どこか誇らしげなテオドールの姿が可愛らしい。

真っ直ぐ私を見つめて好意をぶつけてくれるのは嬉しいものである。

好かれたことも愛されたことも経験がないから、どこかむず痒《がゆ》さもあるけれど。

「それよりも入学式で何かトラブルはなかった？　誰もアリアに無礼な態度を取らなかった？」

「何もありませんでしたよ」

セレネといいテオドールといい、過保護な対応に私は苦笑してしまう。

「アリアは何を言われても受け流してしまうところがあるから心配なんだよね」

「本当にそうよ！　お姉様は器が大きすぎるわ」

「普通なら怒って相手を切って捨てるようなことをされても平然としているしね」

「だから見ているこっちがやきもきするのよ！　私のお姉様になんてことを言うのって！」

「優しくて器が大きいところがアリアのいいところだけど、他の奴はそれで調子に乗るからね」

「それ！　本当にそれ！　四大名家の令嬢だって忘れてるんじゃないわよ！　って言いた

いわ」

「普段張り合うくせに、どうしてこういう場面だと意気投合するのかしらね」

熱くなっている二人を尻目に私は諦めたように遠くを見つめた。

あと私は器が大きいわけでも優しいわけでもない。小さなことに労力を割きたくないだけだ。

大体、要所要所で言い返したりしているというのに、彼女らの記憶には残っていないのだろうか。

どうも温和で争い事が嫌いというイメージを持たれているような気がする。

素敵なお姉様と思われているのは普通に嬉しいので敢《あ》えて否定もしないけれど。

「そんなことよりも、早く教室に行きましょう。立って話すよりも座っていた方がいいでしょう」

「はあい」

「そうだね。そっちの方がゆっくり話せるしね」

二人から了解を取って私達は移動して教室に入った。

席は決まっていないから、窓際の一番後ろ近辺に前にセレネ、横にテオドールという配置で座る。

まだ早いからか他の生徒達は登校しておらず、しばらく私達は教科書を見ながらあれこ

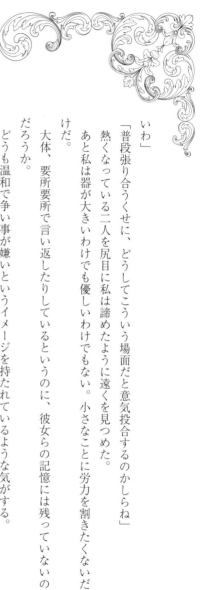

れと話をしていた。

しばらくするとポツポツと生徒が教室に入ってきて、すでにいた私達を見ては目を丸くしている。

まさか四大名家の子息令嬢が誰よりも早く登校しているとは思ってもいないだろう。

彼らは好奇心には勝てないのか、私達の会話に耳を傾けて注視している。

セレネもテオドールも気にする素振りもなく会話を続けていた。

私はといえば、敵意悪意と好意を見分けるために彼らに意識を集中させて敵と味方が誰なのかの判断中だ。

見たところ、七割好意に三割悪意といったところか。

その三割も私に対してのものがほとんどだ。

妹であるセレネを虐《いじ》めている陰湿な姉という噂をまだ信用している人が多いということなのだろう。

などと思っていると、テオドールの席に近づいてくる女生徒が目に入る。

昨日も見たその顔に、すぐに私は彼女がミランダだと分かった。

彼女は私とセレネを一切見ずにテオドールだけを見て微笑んでいる。

「初めましてテオドール様。エレディア侯爵家の長女、ミランダと申します。一年早く入学されるなんてとても優秀ですのね。何か分からないことなどありましたら四大名家の令嬢として頼っていただけると嬉しいです」

「分からないことがあれば頼らせてもらいます。ですが、昔馴染《なじ》みのフィルベルン公爵家のご令嬢方もいますので、大丈夫です。心遣いに感謝します」

「…………失礼ですが、テオドール様はフィルベルン公爵家のご令嬢方とそこまで仲がよろしかったのですか？　あ、いえ。家族ぐるみの付き合いというのは存じておりますけれど、性別の差もございますから意外で……」

「とっても仲良しよ。ね？　テオドール様」

口を挟むなセレネ。余計にややこしくなる。

ほら、ミランダがギリギリと歯を軋《きし》ませているではないか。

「テオドール様が私達に合わせてくださっていたところもあったと思います。過ごす時間が多かったというだけで、入学して視野や交友関係が広がれば個々で過ごす時間が増えていくのではないかしら？」

「え？　今、僕のことテオドール様って言った？」

「過ごす時間が減るなんてあり得ないわ。断固拒否よ」

この二人は…………！！

ミランダの矛先がセレネに向かないようにしたのに、後ろから撃つような真似《まね》をするんじゃない。

大体、テオ様と呼んだら余計火に油を注ぐことになるでしょうが。

そう思いながらも一切表情に出さずに微笑んでいる私を褒めてやりたい。

「別に仲がよろしいことに不満があるわけではございませんわ。でもセレネさんはともかく、アリアドネさんは……ねぇ？」

ミランダと側にいた取り巻き達は私を見て小馬鹿にしたように笑っている。

彼女も私の噂を信じているようだ。

その態度にセレネとテオドールの顔から笑みが消える。

（随分と好戦的な方ね。でも誰であったとしても下に見る態度はいいとは言えないわ）

セレネとテオドールを矢面に立たせると何をしでかすか分からない。

なら、私が出るしかないではないか。

「私がテオドール様と親しいとおかしいのかしら？」

「え？　いえ、だってねぇ？」

「ハッキリと仰っていただける？　まるで私がバカにされているようで気分が悪いわ」

ジロリと睨みつけると、ミランダがたじろいだのが分かった。

「私に関する間違った噂が未だに流れていることは承知しておりますが、それが真実かどうか見極める目をお持ちになった方がよろしいのでは？」

「……その噂が間違っていれば、というお話でしょう？　アリアドネさんの仰ることが真実であればよろしいですわね」

何か一言言わなければ気が済まないのか、ミランダはそう言い残して取り巻き達を引き連れて空いている席へと戻っていった。

「なんなのあの態度……！　お姉様に対してなんて無礼な」

「アリアをバカにした時点でもう無理。あり得ないよ」

君達は好戦的にもほどがある。

それにしても昨日の時点で目をつけられてはいただろうけれど、今ので完全に敵だと認識されただろうな。

子供相手にあれこれ言いたくないのだけれど、仕方ない。腹をくくるとしよう。

そして、初日の授業はそれ以外に何も問題は起こらずに一日を終えられた。

学院にアレスがいるから校内で出くわしたらどうしようかとも思ったが、そこは学院側がこちらに配慮してくれているのか見かけることすらなかった。

昼食時もセレネとテオドールが目を光らせてくれていたお蔭《かげ》で他の生徒から絡まれることもアレスに遭遇することもなかったのである。

つくづく彼女らに守られているなと思う。

大人としては情けなくも思うが、守ろうと思ってくれる彼女らの気持ちが嬉しい。

こんな気持ちがあるなんてあのときの私では絶対に知り得なかったことだ。

だからこそ、何かがあったときに私も彼女達を守りたいと、そう思っている。

❖

そんなこんなで平穏に過ごした一週間。

生徒達が学院に慣れて各々《おのおの》気の合う友人や利害関係の一致する者を見つけてグループが固まった頃だろう。

私やセレネに近寄る者もいたけれど、どうにも良い影響を与えないような人しかいなかった。

情報を聞き出せるのならば付き合いも考えたが、誰にでもいい顔をする人は信用できない。口も軽いだろうし。

ということで、結局私達は特に親しい人を作らなかった。

対してミランダは上位貴族の令嬢と多数友人になっている。

上位貴族しかいないところに彼女のプライドの高さが垣間見えるようだ。

「私、ミランダさんは好きになれないわ」

昼食時に大所帯でカフェテリアに向かうミランダを見かけたセレネは苦々しく呟《つぶや》いた。

初日に嫌みを言われたが、それ以降はこちらに来ずに遠巻きにしているだけだから被害らしい被害もないのに随分と嫌われたものである。

「誰が聞いているか分からないのだから、心の中で思うだけにしておきなさい」

「だって……。あれじゃまるで、ご自分が学院で一番地位が高いと言っているようなものじゃない」

「実際に四大名家の令嬢なのだから、あながち間違ってはいないわ」

ミランダがそう振る舞うのも仕方のない部分はあると思う。

四大名家の中で令嬢がいるのは三家だが、互いに交流はなく面識もない。

幼少時からエレディア侯爵家の令嬢ということで行く先々でチヤホヤと女王様のように扱われていたら自分が四大名家の令嬢の中で一番だと思っていてもおかしくはない。

なんせ子供だもの。

実際に見たセレネと私が大人しくしているから、余計にそう思っているのかもしれない。

私の噂も影響しているとは思うけれど。

「四大名家の筆頭は紛れもなくフィルベルン公爵家でしょう?」

「まあ、そうなのだけれどね」

当主のエリックが若いこともあって、侮られている部分はあるのかもしれない。

親がそういう思考であればミランダも影響されていそうだし、その考えを変えるのはなかなかに難しい。

けれど、私はどうするつもりもないので彼女に関しては突っかかってこない限りは無視するしかない。

「いずれ彼女も気付くときがくるわよ。……さあ、私達もカフェテリアに行きましょう」

「はーい。テオドール様も一緒だったらよかったのに」

「皇太子殿下に呼ばれているのだから仕方ないわ」

そう言いながら私は先日見かけた皇太子の姿を思い出す。

どこからどう見てもあの皇帝の生き写しとも言える容姿をしていた。

利発そうな子だったので次代も安泰だろうなと考えながら、カフェテリアに入り空いている席を探す。

「全学年がいるとさすがに二人で座る席は空いていないわね」

「譲ってもらう？」

などと話していると、とあるテーブルから声をかけられた。

「セレネ様。よろしければこちらのお席にいらっしゃいませんか？」

顔を見てみると、同じクラスで面識があり上位貴族である伯爵家令嬢が座っている。

同席している彼女の友人と思《おぼ》しき人達は微笑みながらセレネを見つめていた。

彼女達はセレネだけを見て私には目もくれない。

それに気付いたのかセレネは一気に気分を悪くしたようでムッとしている。

「空いている席がひとつしかないようだけれど？」

「ええ。ですので、セレネ様に声をおかけしました。フィルベルン公爵家のご令嬢に中位、下位貴族と相席させるわけにはまいりませんもの」

「お姉様とご一緒するから遠慮するわ」

断られるとは思っていなかったのか、伯爵令嬢の表情が強張《こわば》っているし友人達も顔を見合わせている。

「ですが、四六時中アリアドネ様とご一緒だと気が休まらないのではありませんか？」

「……そう。貴女方はそう思っているのね」

伯爵令嬢達を見下ろすセレネの目はそれはもう冷めたものだった。

一瞬反発して何か言うんじゃないかと身構えたが、上手く受け流している様はさすがフィルベルン公爵家の令嬢である。

大人になったものだと思っていると、セレネは彼女達に向けていた目を私の方に移した。

「気分が変わったので皆さんとご一緒するわ。お姉様を一人にしてしまって申し訳ないけれど」

「分かったわ。皆さんと仲良くね」

「ええ。今の学院のことなどを知りたいし、皆さんに色々と詳しいお話も伺いたいわ」

言い終わると同時に伯爵令嬢達に見えないようにセレネは私にウインクしてくる。

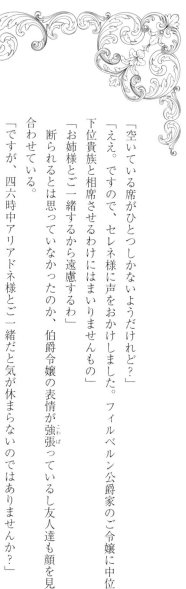

何も見えていない彼女達はセレネの同席に沸き立ち、一気に歓迎ムードになった。

「セレネ様、こちらにどうぞ」

「すぐに給仕を呼びますわね」

「その前にメニューをお見せしないと」

慌ただしくなるテーブルをよそにセレネは小声で「その誤解を詳しく聞かせてもらおうじゃないの」と呟いていた。

ウインクしてきた時点で何か裏があると思っていたけれど、私の噂の詳しい情報を仕入れるつもりなのか。

聞いて怒ったりしないことを祈ろう。

「では、私は空いている席を探しに行くわ」

セレネにそう言い残して私はテーブルから離れてカフェテリア内を見回した。

すると真ん中辺りに一人しか座っていないテーブルがあることに気が付く。

（あ……いい場所が空いているわね。それに彼女とはお近づきになりたかったからちょうどよかったわ）

一週間様子見した結果、仲良くなりたいと思っていた人が空いたテーブルに座っていたのだ。

このような機会を逃してなるものかと近寄っていくが、彼女は私が近寄ってきたのに気付いていない。

「失礼。ご一緒してもよろしいかしら？」

声をかけると、下を向いていた女子生徒が顔を上げる。

メガネをかけて三つ編みにしている彼女は私の顔を見た途端に固まった。

フィルベルン公爵令嬢だからか、噂を聞いてかは分からないが。

「ご存じかもしれないけれど、私はアリアドネ・ルプス・フィルベルンよ」

「……あの、カティア・ボナーと申します」

「ボナー男爵家のご令嬢だったわね。ご一緒してもよろしくて？」

「え？　はい。どうぞ」

そちらの席にと手で示され、私はようやく席探しの旅を終えられた。

すぐに給仕を呼んで注文を済ませた私は一息ついてカティアを見ると、彼女は落ち着かない様子で目を泳がせている。

「緊張なさっているのかしら？」

「……あ、はい。まさか四大名家のフィルベルン公爵家の方から声をかけられるとは思っていなかったので。それに新興貴族の我が家をご存じだったので驚いてしまって……」

「ボナー男爵家は貿易で有名だもの。各国に人脈を築いて、今まで帝国とは一切取り引きしなかった国とも仕事をしているでしょう？　今の帝国には勢いのある新興貴族の存在は必要不可欠だと思っているのよ」

「……皆さんがアリアドネ様のような方だったらよろしいのですけれどね」

勢いをなくして伏し目がちになるところを見ると、カティアは色々と古参貴族に言われてきたのかもしれない。

伝統と血筋を重視する方が多いから容易に想像できる。

「ところで注文を済ませた後で伺うのもあれなんですけれど、私と同じテーブルでよろしかったのですか？　私、未だに学院に馴染めなくて友人もいないですし、新興貴族なこともあって変に注目を集めてしまうかもしれません」

「フィルベルン公爵家の令嬢という時点で注目を集めているもの。それに私は見聞を広める意味でも色々な立場の方のお話を伺いたいと思っているわ。同じような考えの方ばかりだと考えが凝り固まってしまうもの」

「しっかりとした考えをお持ちなのですね……。新興貴族であろうと平等に接してくださるなんて嬉しいです」

立場にこだわりはないが、下心の方が大きいので褒められると罪悪感が湧いてくる。

二年ほど前に流通していた禁止薬物のラディソスがどこから入ってきたか、各国に伝手《つて》のあるボナー男爵家だったら調べられるのではないかという期待があったのだ。

けれど、カティア自身が非常に良い子であり誠実で素直、噂に惑わされない貴重な人物であることは会話の中から分かった。

私は個人的に彼女と親しくなりたい、と感じた。

共通の話題があるかどうか確かめようと口を動かそうとしていると、背後からクスクスという小馬鹿にしたような笑い声が聞こえてきた。

「あら、アリアドネさん。セレネさんは伯爵家のご令嬢達とお食事しているのに、貴女は男爵家のご令嬢と同席ですの？　まあ、同類のようにお見受けするし、お似合いですわ」

振り向かなくてもミランダだと分かる。

今この場にセレネがいなくて助かったとホッとしながら振り返る。

相も変わらずご友人方を引き連れたミランダが得意げな顔で立っていた。

「まあ、ありがとう」

ニッコリと微笑みながら口にすると、ミランダは「は？」と言って固まった。

まさか感謝の言葉を述べられるとは思ってもいない反応だ。

「たまたまこの席が空いていて、たまたまカティアさんと同席して彼女の誠実な人となりや素直で嘘《うそ》をつけないところが好ましいと思っていたのよ。これから親しくなれればと思っていたところだったので、お似合いだと言われて嬉しくなってしまって」

「え!?　アリアドネ様が私とですか!?」

ポカーンとしているミランダ達とは対照的にカティアは見るからに動揺している。

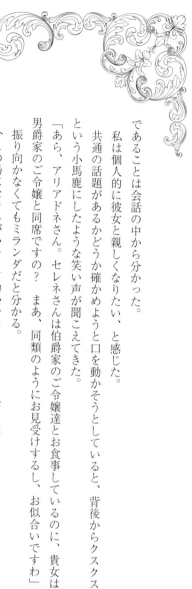

「あら、ご迷惑だったかしら？」

「いいえ！　とんでもないです！」

「まあ、よかった」

軽く両手を叩《たた》いて、ウフフと笑う。

最初はうわぁ……と思っていたけれど、思いがけず良い結果をもたらしてくれたミランダには感謝だ。

「……フィルベルン公爵家の令嬢ともあろう方が新興貴族の男爵令嬢と仲良くなるなんて、私からしたら考えられませんわ」

「考え方は人それぞれだもの。ミランダさんがそう思われるのならば、そう行動なさればよろしいのではなくて？　お互いに価値観が違うのだからここで議論するのは時間の無駄だわ」

「四大名家の価値を下げようとなさるから申し上げているのです」

「……他にも男爵家とお付き合いのある四大名家もいらっしゃることをご存じでその言葉を述べられたのかしら？」

笑顔を消して真顔で問うとミランダはグッと言葉に詰まった。

当然だ。エレディア侯爵家以外の四大名家は男爵家とも付き合いはあるのだから。

価値を下げるなどとんでもないことだ。

「私のやることに文句を仰りたいだけだというのは今のでよく分かったわ」

「なっ！　私は」

「ところで、私まだ昼食をいただいている途中なのだけれど、もういいかしら？　お昼休みの時間がなくなってしまうのだけれど」

唇をワナワナと震わせたミランダは返す言葉が見当たらないのか言葉に詰まっている。

数秒待って返事がなかったので、私は彼女に背を向けて食事を再開した。

時折カティアに話しかけていたのだけれど、彼女は私の背後を気にしながらも健気《けなげ》に返事してくれる。

一応、ミランダの言うことは気にするな、これからも仲良くしてほしいと伝えて昼食を終えた。

席を立った頃には、すでに背後にミランダの姿はなかった。


授業が終わり寮の部屋に戻った私が着替えを済ませてソファーで寛《くつろ》いでいると、勢いよく扉が開き外からセレネが飛び込んできた。

顔には怒りを滲《にじ》ませており、鼻息も荒い。

授業が終わって一人で帰ってきたことに怒っているのか？　と思っていると彼女が口を開く。

「昼食のときから我慢していたけれど、もう限界！　なんなのこの学院！　まともな令嬢はいないの!?」

ムキーッと頭から湯気が出そうなほど怒っている。

怒りの対象が私でなかったことにホッとしたが、昼食時に伯爵令嬢達と一緒にいて何か言われでもしたのだろうか。

「その場で口に出さなかったのね。偉いわ」

「だって、騒ぎを起こしたらお姉様やエリックお兄様に迷惑をかけてしまうから……。本音は紅茶を顔にかけて差し上げたかったけれど我慢したのよ」

「……そこまでなるだなんて、珍しいわね。何を言われたの？」

聞いても気分の良くない話だと分かってはいたが、誰かに話すことで楽になることもあるだろう。

セレネはムッとした表情を浮かべて何やら考え込んでいたが、ゆっくりと口を開いた。

「あの令嬢達、お姉様が立ち去った後で私に『常にアリアドネ様に監視されているなんて息が詰まるでしょう？』と言ったのよ。『我《わ》が儘《まま》を言ってセレネ様を一年早く入学させるなんて、そこまでして自分が優位に立ちたいのかしら』って」

「つまり、あの令嬢方は私が優越感に浸りたいからセレネを無理やり入学させたと思っているのね。見当外れもいいところだわ。一体どこからそのようなお話になったのかしら」

「……アレスお兄様よ」

下を向いたセレネは言いにくそうに呟いた。

その一言だけで、アレスが以前と全く性格が変わっていないと知る。

「あの人が親しくしている下級生にお姉様の我が儘に振り回されるセレネが可哀想《かわいそう》だって言いふらしていたって。私がお姉様に失礼な態度を取っていた頃の話を持ち出して、あの頃からよくセレネを泣かせていたとか両親の頭を悩ませていたとか言っていたらしいの。あれは全部両親と私が悪いのにあの人は何を見ていたのよ……！」

「彼は未だに両親の落ち度に気が付いていないのね」

「妹としてすごく恥ずかしいわ。おまけにエリックお兄様が公爵になったのも、両親と自分が離宮に追いやられたのもお姉様のせいだって言っているみたい。どうして自分の非に目を向けないのかしら」

……あながち間違ってはいないと思う。

計画を立てたし、そうなるように動いていたし。

だからといってこのまま傍観するほど罪悪感は持っていない。

「二年近く経ってお姉様の噂もなくなっているんじゃないかって思っていたけど、たき付ける人がいたなんて……。これじゃお姉様の学院生活が脅かされてしまうじゃないの」

「しかも身内で信憑性《しんぴょうせい》があるからたちが悪いわよね」

「そうなのよ……。他の方は私達の何を見ているのかしらね。こんなにお姉様を慕っているのに……。良かれと思ってしたことでお姉様の足を引っ張るなんて自分が許せないわ」

「……人は自分の見たいものしか見ないところがあるものね」

自分に都合の悪い事実は無意識に流してしまうものだ。

しかし、セレネには嫌な話を聞かせてしまった。

自分の意思で学院の試験を受けたのに、自分のせいで私の評価を悪くしてしまったことを気に病んでいる。

「私はセレネと一緒に学院に通えることが嬉しいし心強いとも思っているわ。それにまだ一週間しか経っていないもの。私達の姿を見せることで聞いていた話と違うと見る目を変える方はきっといるわ。だから自分を責めないで」

「やっぱりテーブルをひっくり返すべきだったわ」

「どうしていきなりそういう思考になるの！」

「お姉様の器の大きさに比べて、嘘の話を信じている人達の小《ち》っささに余計に腹が立つからよ！　私のお姉様は大陸一の美女で知的な女性で優しいのよ！　と宣伝して回りたいわ！」

「変な宗教を疑われるから絶対にやらないでちょうだい」

ただの悪女が少し心を入れ替えただけで性根は何も変わっていない。

神聖視されるような人間ではないから、胸が痛くなる。

「それに嘘の話に惑わされない方もいるわ。今日、昼食で同席したボナー男爵家令嬢がそうだったもの。全員の貴族がそうではないのだから、きちんとこちらを見て対応してくださる方を大事にしていきましょう」

「ボナー男爵家って言ったら貿易で有名な？」

「そうよ。よく勉強しているのね」

「お姉様に敬意を持って接してくれたと？」

「ええ。とても気持ちのいい方で親しくなりたいと思ったわ。彼女は新興貴族であることにあまり自信が持てないようだったけれど、人付き合いにそんなことは関係ないもの」

私の話を聞いたセレネは「ふぅん」と呟くと満足そうに笑った。

少しは機嫌が良くなったようで一安心だ。

「ボナー男爵家令嬢は確かな目をお持ちのようね。お姉様にご友人ができて嬉しいわ」

「ありがとう。でもセレネにも心を許せる友人がいればいいのにとも思っているのよ」

「それは私も思うけれど、相手を信頼するってとても難しいことだから……。私って人を見る目があまりないから、この方は大丈夫なのかって疑って見てしまって」

「セレネは慎重なだけでしょう？　それは悪いことではないわ。むやみに人を信用するよりよほどいいと思うもの」

「むやみに人を信用したせいで、あんな性格になってしまったからね……」

子供は無条件に親を信用するものだし、親が間違っているなんてまず考えない。

あれは仕方のないことだと思う。

けれど、親がああだったのだから他人は……と考えると全員を疑って見てしまうのも分かる。

軽く人間不信になっているのかもしれない。

「悩んでしまうのなら無理に仲良くする必要はないわ。悩んだら私に尋ねてもいいし、あまり重く受け止めないで。無神経なことを言ってしまってごめんなさいね」

「お姉様のせいではないわ！　私が過去のことを引き合いに出してそうしなくていい理由を言っただけだもの」

「その言葉からでも、もう昔の貴女ではないと分かるわ。驚くくらいに成長しているもの。自分をちゃんと客観的に見られているのは凄いことだと思う」

「……お姉様のお蔭よ。私を見捨てずにいてくれて本当に感謝しているの」

真っ直ぐに向けられる好意的な視線。

嬉しいからこそ、アレスの流した噂の下劣さに腹が立つ。

本当にどうしてくれようか……と考えていると、何か思いついたのかセレネが「あっ」と声に出した。

「今度アレスお兄様を闇討ちするのはどうかしら？」

「武力で黙らせようとするのはやめなさい……！」

「そうですよ、セレネ様。ここは我々にお任せください」

これまで黙って給仕をしてくれていたミアがサッと会話に交ざってくる。

表情は変わっていないが、目が一切笑っていないところを見ると彼女も腹が立っているようだ。

「あ、エリックお兄様に報告するのね！」

「ええ。こんなにも早く相手が尻尾を出すとは思ってもいませんでしたが。本当に……アリアドネ様もセレネ様もご聡明《そうめい》でお優しく思慮深いのにどうしてと思わずにいられません。お二方のお兄様に対して申し訳ない気持ちもありますが」

「いいのよ。ミアの言う通りだわ。公爵という立場を自分の実力だと過信して偉ぶっていたような方々だもの。血縁であることが恥ずかしいと思っているから」

「失言に対して寛大な対応に感謝致します。すぐに旦那様にご報告して対処していただきますので」

「お願いね。私達はしばらく静観していましょう。絶対に一言言ってやろうなどと思ってはいけないわよ？」

すぐに行動に移しかねないセレネに注意をすると彼女は引きつった笑みを浮かべた。

やるつもりだったな……。


「アリア」

次の授業に向かうため廊下を歩いていたところ不意に声をかけられて振り返ると、首を傾げているテオドールが私を見ていた。

制服に何かついているのだろうか？

「教室外で声をかけてくるなんて珍しいですね。何かあったのでしょうか？」

「いや、何かあったのはアリアでしょ？　妹君はどうしたの？」

「……意地でもセレネの名前をお呼びにならないつもりですか」

「僕のライバルだからね」

「ですからなぜ張り合うのですか……。変な方向で息が合うこともありますのに」

相性は悪くないはずなのに。

私のことで張り合っても仕方ないでしょうに……と思っていると、テオドールは「それはそれ、これはこれ」と言い切った。

「そんなことよりも、どうして妹君と一緒にいないの？　一人でいたら他の令嬢達から何か言われるんじゃない？」

「セレネは今、興味深い話をされたとのことで他の令嬢方に呼ばれているのです。正直、スパイの真似事をさせてしまっているので罪悪感があるのですけれど」

情報を集めてくるわ！　と意気揚々と目を輝かせて飛び出してしまったのだ。

あの行動力は逞《たくま》しいと思うが、心配にもなる。

ここまで言うとテオドールは内容を理解したのか「なるほど」と呟いた。

「僕も皇太子殿下からそれとなく聞いているよ。あまりに酷いようなら殿下が出るとは仰っているけれど」

「エリック兄様にには報告は済んでおりますし、あまり大事にしたら逆恨みされてしまいますもの。お気持ちは有り難いのですけれどね」

「報告して現状が変わった？」

「上位、中位貴族は変わらず遠巻きにしておりますね。最近、ボナー男爵家のカティアさんと親しくしているので、その関係で下位貴族の方とお話しする機会は増えました」

「ふぅん」

素っ気ない返事のテオドールだが、何かを企《たくら》むような表情を浮かべている。

変なことを考えていなければいいけれど。

「アリアは自分の力で人脈を広げているんだね。そのカティア嬢もきっといい人なんだろうね」

「大人しくて遠慮がちなところはありますが、素直で優しい方ですね。それと、カティアさんの幼馴染みなど気の合う方を紹介していただけるので、私の力ではないのですけれど」

「そんなことはないと思うけどね。アリアの誠実さと公平さが為《な》し得たことでしょう？　もっと自信を持っていいと思うよ」

「ふふ。ありがとうございます。それよりもテオ様はどうなのですか？　一年早いですから皆が年上でしょう？」

問われたテオドールはうーん、と考え込んでいる。

教室でも特定の誰かと親しく話している様子を見たことがなかったのでどうなのかと気になったのだ。

「野次馬根性のバカが多いからあしらうのが面倒だなってところかな。ほら、僕には婚約者がいないから、どの家門の令嬢を選ぶのか気になっているみたいでさ。本当に下品だよね」

コロコロと楽しそうに笑っているが、大分口が悪い。

それだけ他人にあれこれ言われているのだろう。四大名家の跡継ぎも大変そうだ。

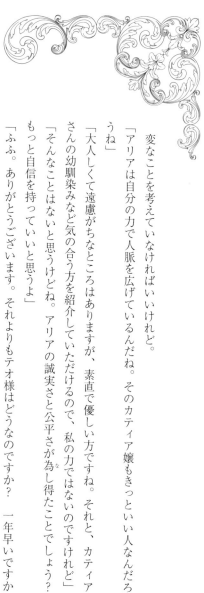

「義父上《ちち》からはアリア一択って口うるさく言われているから、それ以外の令嬢は僕も考えていないし、でも今それを言ったらアリアの足を引っ張るしさ。本当にアレス卿の発言に大迷惑しているんだよね」

「突っ込みどころが多すぎる……」

クロードの奴……息子に何を吹き込んでいるのだか……。

聞いたところで、どうせ奴は早口で言い訳を捲《まく》し立てるだろうからあまり知りたいとも思わないが。

「義父上は本当にアリアを気に入っているみたいでね。毎日、義父上から手紙が届いて僕が不自由していないかとかアリアが喧嘩《けんか》を売っていないかとか喧嘩を買っていないかとか一人でコソコソ動いていないかとか書いてあるんだよね。本当に心配性だよ」

全っ然信用されていない……！！

それで私を気に入っているとなるテオドールの思考回路もどうなのだ。

親子揃って少しズレていないか？

「この間なんて学院に来て応接間で二時間も学院の生徒名簿とか見て家門をメモして○×△とか書いていたんだよ。忙しいはずなのに何しているんだろうね」

確実に私やテオドールの害になる家門をチェックしている……。

親馬鹿もいいところだ。

けれど、今の私達は大人の庇護《ひご》下にいるのだから文句を言うのも違うし難しいところである。

よく言えば親心というものだろうから、クロードの気持ちも無下にできない。

「それだけテオ様や私達を心配してくださっているのでしょうね。少々やりすぎだとは思いますけれど」

多少柔らかい表現に変えたものの、今の私は冷めた表情を浮かべていることだろう。

「それが義父上の愛なんだろうね。僕は当然だと思うけれど、家族ではないアリアのことを気にかけるんだから、相当気に入っているんだと思うよ」

「ありがたいことですね」

私の想像以上にクロードが私を姉として好いてくれているのは分かっていてもなかなか慣れないものだ。

生前、私のしていたことが全て無駄で意味がなかったことに最初は虚無感を覚えてしまったけれど。

クロードはベルネット伯爵家の人間にしてはまともだと思っていたけれど、やはりどこかネジが外れていたようだ。

もちろん、私もなので偉そうに言えないが。

「……リーンフェルト侯爵のことはとりあえず置いておいて。ご友人や授業内容などはどうなのですか？」

　これ以上深掘りしたくなかったので話を変えると、テオドールは柔らかな微笑みを浮かべながら口を開いた。

「皇太子殿下のご友人の方々のお蔭で親しくしている方は増えたかな。授業も家庭教師から教わっていたことが大半だったし余裕だよ。古代語がややこしいけれど、なんとかなるかなってところ」

「テオ様は努力家で勉強熱心ですものね」

「それもあるけど、アリアに心配をかけたくないし自分のせいで一年早く入学したからって負い目も感じてほしくないからね。いつまでも可愛いままじゃ嫌だし」

　素直に自分の気持ちを言ってしまうところがすでに可愛いと思う。

　少しふてくされたような表情に、ほとんど無意識だったが手が伸びてしまいテオドールの頭を撫《な》でてしまった。

　無言で撫でていると彼は見る見るうちに顔を真っ赤にさせて恥じらうように両手で顔を覆ってしまう。

　そんな彼の反応を見た私は我に返って手を引いた。

　さすがにこの年齢では恥ずかしいし嫌だろう。無意識であったとはいえ礼儀を欠いた行為だ。

「申し訳ありません。つい手が伸びてしまいました」

「……いや、うん。…………もうっ！」

顔を真っ赤にさせたまま、テオドールは私から顔を逸《そ》らして片手で目を覆っている。

やはり嫌だったのか。申し訳ないことをしてしまった。

「礼儀に欠ける行為でしたね。テオ様の自尊心を傷つけてしまいました」

「そうじゃないからこうなってるんだけどね……」

「嫌ではありませんの？」

「嫌じゃないから困ってるんだよ……！　恥ずかしいけど嬉しいの。でも可愛いと思われるのも嫌なの。けど、その立場をみすみすと逃したくない複雑な気持ち……」

よく分からないが、テオドールは己の中で葛藤しているようだ。

結局、私は余計なことをしてしまったのかもしれない。

「僕の純情な気持ちがアリアにもてあそばれた」

「ひ、人聞きの悪いことを言わないでください……！」

こんなところを人に聞かれでもしたらどうするのだ。

慌てて周囲を窺《うかが》うと渡り廊下の柱の陰からこちらをもの凄い形相で睨みつけているセレネを発見してしまった。

……見られたのがセレネでよかったと安心するところか、悪かったと動揺するところか微妙なところだ。

私に見つかった彼女はゆっくりとした足取りでこちらに歩いてくると、下を向いたままボソボソと何かを話している。

「ど、どうしたのセレネ？」

「……撫でた……頭……お姉様……テオドール様の……」

「片言になるなんてどれだけ衝撃を受けたのよ……」

「羨《うらや》ましい？」

なんてことを言うのだとテオドールを見ると、彼は可愛らしく首を傾げてセレネを見下ろしている。

恐る恐るセレネに視線を向けると彼女は鋭い眼差《まなざ》しでテオドールを睨みつけ、大きく口を開けた。

「◎△$♪×¥●&%#?!」

テオドールを指さしながらセレネは声にならない叫び声を上げる。

表情はおおよそ貴族令嬢のする顔ではない。

頭を撫でただけでなんでこのような修羅場に発展するのだ。

素直に反応するのがセレネなのだから、テオドールも煽《あお》るんじゃない。

その後、私の願いが届かずテオドールはセレネを煽るし、セレネはテオドールに食ってかかるし、私はセレネを宥《なだ》めてテオドールを注意するしで散々だった。

ようやく終わった後、私はもう二度と頭を撫でるものかと心に強く誓った。

〔第2章〕変わりゆく日常

学院生活にも慣れてきてしばらく経ったある日。

私は一学年上の先輩に廊下で呼び止められた。

上級生、しかも令息の知り合いなんていないので何を言われるのかと身構えていると、彼は一言「皇太子殿下がお呼びです」と伝えてくる。

それ以外の言葉を話す気はないようで、彼はただジッと私の返事を待っている。

皇太子がどういう意図で私を呼び出したのかは分からないが、何か悪さをして呼び出されるようなことはしていない、はず。

半分くらい何を言われるのか興味もあって、私は先輩である令息に皇太子の元に向かう旨を伝えた。

道中一切何の会話もなく、彼の案内で連れて来られたのは応接室のような場所。

普段は学長が要人と話をする際に使われる場所だが、皇太子ともなると簡単に使用できるのか。

などと考えながら部屋に入り、ソファーに座っている人物を見る。

まるであの皇帝の子供の頃とそっくりな容姿をした十代の男の子。

彼は私が入ってきたことを気に留める様子もなくお茶を飲んでいる。

「お連れ致しました」

「ご苦労」

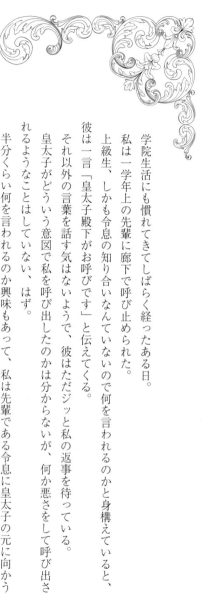

皇太子の言葉に令息はすぐに部屋の端に移動した。

同時に彼の視線が私に注がれ、鋭い眼差しに射貫《いぬ》かれる。

私が敵か味方かを確かめているように見えた。

「君がフィルベルン公爵家のアリアドネ嬢か」

「お初にお目にかかります。アリアドネ・ルプス・フィルベルンと申します」

「フィルベルン公爵家の娘、とは名乗らないのだな」

「二年ほど前まではそうでしたが、今の当主は従兄であるフィルベルン公爵ですので」

一応、対外的にはフィルベルン公爵家令嬢ではあるが、皇太子の態度から察するにそういった返事はしない方が良いだろうと判断した。

実際、エリックの温情のお蔭で変わらず今の立場にいられるのだから、と思っていると皇太子と私を案内した令息がどこかホッとしたような雰囲気を出しているのに気が付いた。

不思議に思って首を傾げていると、皇太子が先ほどとは打って変わって穏やかな笑みを浮かべている。

「圧をかけてしまったようだな。アレス卿《きょう》のこともあって少々君を警戒していたんだ」

「アレス、お兄様の？」

危ない。うっかり呼び捨てにするところだった。

というか、警戒されるほどのことをしたのかあの人は。

「皇太子殿下に対して何をしでかしたのか存じ上げませんが、兄に代わり謝罪致します」

「いや、大したことではない。ルプスの名を取り上げられた今でもフィルベルン公爵家の嫡男として私に接してきているだけだから」

「……本当に申し訳ございません」

なんてことをしでかしてくれたのだ。

自分の立場を全く分かっていないではないか。

エリックが独身だから、その内自分が後継者に選ばれるとでも思っているのか……。

情けない。

「あれは彼自身の問題だ。アリアドネ嬢が頭を下げることではない。それと君を呼び出したのはアレス卿の件について話すためではない」

「そうなのですか？」

苦情を言われても仕方ないと思っていたのに、皇太子は随分と心が広い。

彼はフゥとため息をひとつ吐くと、座るように勧めてくれた。

私が対面に腰を下ろし、落ち着いたところで彼は重々しく口を開いた。

「実は最近、セシリアの体調が悪くてね」

「皇女殿下の体調が？　大丈夫なのですか？」

「大丈夫とは言いがたいな。良くなったり悪くなったりを繰り返しているんだ」

「宮廷医はなんと？」

「それが……困ったことにセシリアは疑心暗鬼になって宮廷医もリーンフェルト侯爵の問診も拒否しているような状態でね」

その二人の問診を拒否など相当ではないか。

けれど、なぜ疑心暗鬼になってしまったのだろうか。

「体調不良故に心細くなっておられるから拒否されているのでしょうか？」

「いや……。宮廷医が指定した薬を飲み始めてから体調不良が長く続くようになって、宮廷医が自分を害そうとしていると思ってしまっているようでね」

「実際に薬に問題があったのでしょうか？」

「ない。リーンフェルト侯爵にも調べてもらったが、至って普通に使用されている薬だった」

ということは単純にタイミングが悪かったということだろうか。

薬を飲んだのに悪化したとなると、疑いたくなる気持ちも分かるけれど。

「ですが、診察を拒否しているとなると心配ですね」

「ああ。治るものも治らないからね。それに少し体調不良を訴える頻度が多すぎる。病気ではないのでは？　と疑ってしまうんだよ」

拒否していたら原因を調べようにも調べられない。

子供が突発的に発熱するのはよくあることだが、頻繁だとするなら何かがあるのは間違いない。

どこか悪いところがあるのかもしれないし、誰かが毒を盛ったのかもしれないし。

どちらなのか診察を受けないと分からない。

分からないが、ある程度どちらか判断できるかもしれないと私は皇太子に質問を投げかけた。

「幼少時は突発的に熱が出たりはよくあることですが、そう頻繁ですと色々と心配になってしまいますね。ちなみに皇女殿下のお食事におかしなところがあったりは……」

「ないな。そもそも我々皇族が口にするものは全て毒味している。今までおかしなことは何もなかった」

「元々体があまり丈夫な方ではないのですか？」

「いや、季節の変わり目に熱を出すことはあったが、数日程度だった。ここまで寝込むことは一度もない」

「では、薬を飲まなくなってから体調が更に悪化したとかは？」

「悪化というか……良くなったり悪くなったりを繰り返しているな」

薬を飲んでもいないのに良くなったり悪くなったりは不自然に感じるが、本人の体質や心因性のものが関係していれば起こる可能性もある。

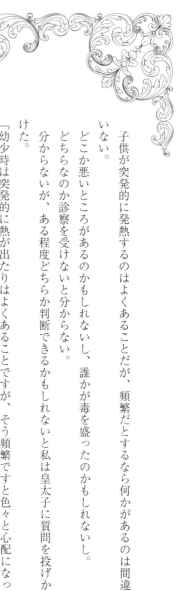

けれど、話に聞く限り一般的な子供より少し悪いかな程度の健康具合だし、どこか納得がいかない。

「ちなみにですが、体調が悪くなり始めたのはいつ頃からでしょうか？」

「ここ一ヶ月くらいで急激に、だな」

「何か大きなストレスを受けたということはあったのでしょうか？」

「セシリアを取り巻く環境はここ数年変わっていない。利発で物怖《お》じしない子だから嫌なことがあれば両陛下や私に言うはず」

では、ストレスでということはなさそうだ。ならば体質だろうか？

けれど、変わったものは食べていないというし……。

やはり毒の類いなのかとウンウン唸《うな》っていると、皇太子殿下がポツリと呟いた。

「リーンフェルト侯爵の言う通りだな」

「どういうことでしょうか？」

「セシリアの件を相談したときに君にも意見を求めてみるといいと言われてな。実際、君が指摘した点はリーンフェルト侯爵も言っていたのだ」

「リーンフェルト侯爵も毒の混入を疑っていたのですね」

「ああ。だが、宮廷医もリーンフェルト侯爵もセシリアが拒絶するから診ることもできない……。そこで君だ」

なるほど。だから私が呼ばれたのか。

宮廷医やクロードに代わって私にセシリアを診てほしい、もしくは診察を受けるように説得してほしいのどちらかだろう。

ただの一介の学生にそこまで重大な仕事を任せることはしないだろうから、説得してほしいのだろうな。

「宮廷医の診察を受けるようにセシリアに話してもらえないだろうか？　それと、知識や判断は自分にも劣らないとリーンフェルト侯爵が言っていたから、君から見て気になった点を教えてほしい。頼めないだろうか？」

「……お力になれるかは分かりませんが」

「構わない。私はとにかくセシリアが苦しんでいる姿が可哀想で見ていられないんだ。今も一人で寝込んでいるかと思うと、どれだけ心細いかとあの子の気持ちを考えて胸が苦しくなる。説得しようと気負わなくてもいいから、あの子の話し相手になってほしい」

「そういったことでしたら、喜んでさせていただきます」

仮に本人の心因性によって起こっているのならば、外部の人間と関係を築いて仲良くなることで改善するかもしれない。

セシリア皇女と仲良くなれるかは分からないけれど、やってみる価値はあるはずだ。

「日時は追って連絡する。協力に感謝するよ」

「できる限りのことは致します」

ここで私と皇太子の話し合いは終了し、お開きとなった。

二人に挨拶をして部屋の外に出ると、令息が見送りに出てきた。

私は彼にジェスチャーで扉を閉めてほしいとお願いすると、彼は不審に思いながらも扉を閉めてくれる。

同時に周囲に人がいないことも人の気配がないことも確認する。

皇太子に直接聞くのは気が引けたので、側近である彼に聞いた方が良いだろうと私は口を開いた。

「ひとつ教えていただきたいのですが、よろしいでしょうか？」

「ええ。必要とあればお答え致します」

「皇室に対して恨みを持っている人物にお心当たりはございますか？」

「……ありすぎて答えられませんね」

「国内と国外だとどちらが多いでしょうか？」

「……国外、でしょうか」

「なるほど。お答えいただきありがとうございます。それでは」

欲しい答えが得られたわけではないが、それ以上の情報を令息は持っていないだろう。

長々と話すわけにもいかないので、彼との会話をそこまでにして私は応接室から離れた。

皇太子の話だけでは毒だと断定はできないが、その可能性は高そうな気がする。

(国外となると、真っ先に行方が分かっていないヘリング侯爵が思い浮かぶけれど……)

生きているのか死んでいるのかも定かではないが、帝国だって情報収集はしているだろうし、どこら辺に潜伏しているのかくらいは把握しているに違いない。

問題は当時ヘリング侯爵に陰で情報提供していた貴族が今も帝国にいることくらいだろうか。

ただ、彼らは臆病で強い方に付く卑怯者《ひきょう》だから自分の得にならないことには手を出さないとも思う。

(ただ、あの父も一緒に逃亡したと考えると毒の知識を提供しているでしょうし、あり得ないと一蹴できないのよね)

けれど違う可能性も大いにある。

行きすぎた人身売買で帝国に滅ぼされた旧バインズ王国や三十年ほど前に内乱で滅んだ旧ラギエ王国の生き残りの線もあるだろう。

ここ二十年ほどの他国との外交関係は詳しくはないが、他にも大なり小なり帝国を疎ましく思っている国や組織があってもおかしくはない。

けれど、薬を飲んでいないのに良くなったり悪くなったりを繰り返しているというのがどうにも引っかかるのだ。

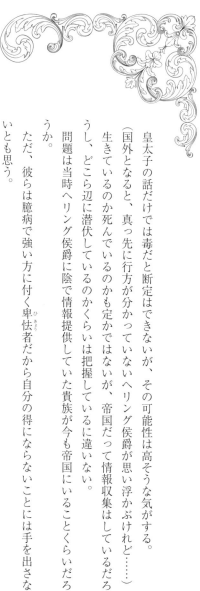

誰か人の手が入っているような、巧妙さというか悪意を感じてしまう。

（念のためにエドガーにヘリング侯爵の行方を調べてもらいましょう。それと帝国内で最近変わったことがなかったかどうかも）

調べた結果、何もなければそれでいいのだ。

だが仮に、仮にではあるがもしも毒が使用されていたのなら……。

「子供に使うなんて到底許されないわ……」

ポツリと呟いた私は鋭い眼差しで窓ガラスに映る自分を見つめていた。

❧

「あら？　お姉様は？」

授業で分からなかったところを先生に教えてもらっている間に、どこに行かれたのかしら？

キョロキョロと辺りを見回していると、背後から誰かに声をかけられた。

振り返った私は「ゲッ」という令嬢が上げてはいけない声を出してしまう。

関わりたくない相手だけれど、この場にお姉様がいなくてよかった。

それにしても、どうしてこのタイミングで声をかけてくるのだろうか。

全く気乗りしなかったけれど、無視することもできない私は相手に向き直る。

「……お久しぶりですね。アレスお兄様」

「久しぶりだな、セレネ。見ない間に随分と大きくなって。前よりもっと可愛くなったんじゃないか？　可愛すぎて兄として余計な虫が付かないか心配になってしまうよ」

「ありがとうございます。それで、何のご用でしょうか？」

「僕にまで敬語を使う必要はない。セレネに距離を取られているようで傷ついてしまう」

取られているようではなくて取っているのだ。

アレスお兄様と関わるのは、お姉様にとって気分が良いものではないだろう。

というか、お姉様に私がお父様達側の人間だと思われたくない気持ちが強い。

それにしても……お姉様がいないときにしか私に話しかけられないなんて情けない。

「……私は身内以外の方には敬語で話すよう心がけておりますので」

「それはあいつがセレネにそうするように強要しているからだろうに」

「礼儀として当たり前のことでしょう？　何を仰っているのですか？」

「だったら、僕に敬語なんておかしいじゃないか。僕はセレネの兄なのに」

「私の中では他人です。私の兄はエリックお兄様だけだと思っておりますので」

本当はアレスお兄様なんて呼びたくないが、対外的にそれをやるとこちらの心証が悪くなる。

エリックお兄様やお姉様にご迷惑をかけてしまうから呼んでいるだけ。

ここまでハッキリ言えば、私がお姉様に唆《そそのか》されたり脅されたりしてこのような態度を取っているのではなく、自分の意思で動いていると思ってもらえるだろう。

「それとお姉様を『あいつ』などと仰らないでください。アレスお兄様が思っている以上にお姉様は優しく聡明で強い方です」

「あんなにセレネのことを泣かせていたのに、どうしてだ？　嫉妬して虐めていたじゃないか」

「それがそもそも間違いなのです。あの頃の私は肯定ばかりされて勘違いをしておりました。根気強く注意して世間というものを教えてくださったのはお姉様なのです」

もう二年近く経つというのに、アレスお兄様は皇帝陛下や私の言葉から何も学んでいないことを知ってゲンナリしてしまう。

現実を全く分かっていない。

以前、お姉様が言っていた『人は見たいものしか見ない』という言葉が思い出される。

アレスお兄様は私がお姉様に虐められていてほしいのだ。

そうでないと自分達が間違っていたことになるから、認めたくないから現実から目を逸らしている。

今も私の言葉を聞いてもアレスお兄様には何も響いていない。

話すだけ無駄だという感情が湧いてくる。

「もういいから。分かっているから」

「何をですか？」

「あいつの目を恐れて本心を言えないのだろう？　あいつは今皇太子殿下に呼ばれているからしばらくは帰ってこないから安心しろ」

「え？　皇太子殿下に呼ばれていたのですか⁉」

「そうだ。以前から僕は殿下にあいつの所業を伝えていたからな。注意するために呼び出してくれたのだろう。だからその隙にセレネに話しかけに来たんだ。僕はセレネを助けたいんだよ」

ありもしないことをベラベラベラベラと何様のつもりなのか。

皇太子殿下を家の揉め事に巻き込むなんて何を考えているのだろう。

大体、爵位を譲った経緯だって皇太子殿下は陛下から知らされているだろうに非がある側の言い分を鵜呑《うの》みにするとなぜ思えるのか。

だんだんとアレスお兄様に対して怒りが湧いてくる。

「助けなど必要ありません。それとお姉様に対する事実無根の話を広めるのはおやめください」

「僕は後ろめたいことなんて何もしていない。事実無根ではなく事実だ。本当のことを話して何が悪いのか」

「その話の被害者である私が必要ないと申し上げているのです。誰に何を言われようと私はお姉様の側から離れる気はありません」

「どうしてそんなにあいつを庇うんだ!? 本来なら来年入学する予定だっただろう。一年も早く、しなくてもいい試験を受けて入学させられたのに」

「ですから、そこから認識を間違っているのです。私は自分の意思で試験を受けて入学したのです。アレスお兄様がお姉様に意地悪をするのではないか、他の貴族がお姉様に無礼を働くのではないかと心配して入学したのです」

私が入学したことにお姉様は一切関与していない。

話したところで無駄というのは頭では分かっているが、お姉様のことを悪く言われて黙っていることなどできない。

ここまでハッキリ言っているのに、アレスお兄様は未だに私を可哀想な子を見るような目で見てくる。

「……あいつは毒の知識があると言っていたな。まさか変なものをセレネに飲ませて言いなりにさせているのではないか?」

「そのような都合のいいものなどございません。ご自分の正当性を主張するのに意味不明なことを言ってお姉様に罪をなすりつけないでください」

「じゃあ、どうしてセレネが僕に対してそんなに冷たい物言いをするんだ。おかしいだろう？　以前は僕の後ろをついて回って甘えてくれていたのに」

「私は今年で十四歳ですよ？　成長したのですから多少は大人にもなります」

さて、どうやってこの話を終わらせるべきか。

お姉様に対する物言いには文句を言い足りないが、あまりに強く言って被害がお姉様に行ってしまっては困る。

話を切り上げるタイミングを見計らっていると、アレスお兄様はなおも言い足りないのか口を開いた。

「で、ではテオドール卿のことは？　もしかしてあいつとは関係なく、彼が入学するから試験を受けたのか？」

「関係がない、とは申し上げませんが、試験を受けたのはお姉様のためが大部分を占めます」

嘘ではない。私よりテオドール様の方がお姉様と過ごす時間が増えることに耐えられないという気持ちも少しある。

というか大分だけれど。

それでも、お姉様の側にいたいからという気持ちは変わらない。

「まさかテオドール卿まであいつに譲るつもりなのか？　あいつはセレネからどれだけ奪

えば気が済むんだ……！」

また何か大きな勘違いをしているわ……。

本当にいい加減にしてほしい。

お姉様からの頼みであってもテオドール様とそういう仲になるのはご免だ。断固として拒否するレベルで水と油の関係なのに。

「私がお姉様から奪われたものは何ひとつとしてございません。むしろ与えられたものの方が多いくらいです」

「何を言う！　あいつはセレネから両親と兄を奪ったではないか。それにテオドール卿まで……。強欲にもほどがある」

「そうですか。でしたら、ずっとそう思っていればよろしいのではないでしょうか？」

「…………セレ、ネ？　何を」

「私が何を申し上げてもアレスお兄様には届かないようなので、もう結構です。私としてはお姉様を悪く言われるのは耐えがたいですし、言った方々を一人ずつ痛めつけたいくらいには腹立たしいと思っております」

もういい。この人には何を言っても無駄だ。

割く時間がもったいない。それにもうお姉様も話が終わって教室に戻っているかもしれない。

私がいなかったらきっと心配されてしまう。その前に帰らないと。

「今後、私に話しかけてこないでください。迷惑です。私はアレスお兄様を兄だとは思っておりません。私の兄はエリックお兄様ただ一人です。これからは遠縁の方だとお互いに思ってそれなりの距離を保って接して行きましょう。では失礼します」

「セレネ！」

アレスお兄様の呼び止める声を無視して私は足早にその場を後にした。

本当に時間を無駄にしたし、耳が腐ってしまうことばかり言われてイライラする。

けれど、何を言っても無駄な人がいることを知れたのは勉強になった。

二度と体験したいとは思わないけれど。


皇太子から呼び出されてから少し経った頃。

あの日、私を呼びに来た先輩の令息から次の休みにセシリア皇女に会いに来てほしいと伝えられた。

特に用意するものもなかったので了解したと返事をして、皇女の体調が悪くならなければいいなと思いながら数日を過ごす。

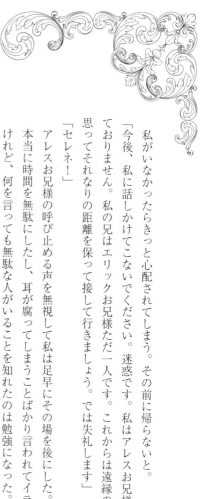

その間やけにセレネが私の側にいるようになったことが不思議であった。

けれど、遠くから私を睨みつけるアレスの姿を何度も確認していたので彼と何かがあったのかもしれない。

セレネに負担をかけるのはやめてほしいと思いながら数日を過ごし、次の休みの日を迎える。

「王城の方から騎士と馬車を寄こしてくれるそうだから、一人で行ってくるわ」

「畏まりました。お気を付けていってらっしゃいませ」

ミアの目を見て頷《うなず》いた私は不機嫌そうなセレネに苦笑しながら目を合わせる。

「お姉様と街に遊びに行こうと思っていたのに……」

「王城に行くと伝えてなくてごめんなさいね」

「それはいいのよ。何でも話してくれるお姉様が言わないということは何か言えないようなことを頼まれたのでしょう？　私が拗《す》ねているのは聞かされなかったからじゃなくて一緒に遊びに行けなくなったことに関してだけよ」

セレネは頬を膨らませて下を向いてしまった。

自分の気持ちを持っていく場所が分からないのだろう。悪いことをしてしまった。

慰めにはならないだろうが、私は下を向いているセレネの頭を優しく撫でる。

「今度、絶対に二人で遊びに行きましょうね。それまでに街で人気のあるカフェや流行っているドレスや小物の情報を一緒に調べて予定を立てましょう」

「本当……!?　絶対よ？　約束したからね」

「ええ、約束よ。……あ、迎えが来たみたい。では行ってくるわね」

最後にもう一度セレネの頭を撫でて寮を出た私は用意された花束を持つと馬車に乗って王城へと向かった。

道中は特に何も起こらず、無事に王城へと到着する。

出迎えてくれた騎士によって、まず私はクロードの元へと案内された。

人払いされた彼の執務室に入り、お互いに目を合わせる。

「姉上にご足労いただき感謝します」

「宮廷医でもクロードでも診察ができないのだから仕方がないわ。それに引っかかるところもあったから」

「ということは姉上もセシリア皇女殿下に毒が盛られているとお考えなのですか？」

「あるかもしれない、程度よ。薬を拒否しているのに体調の良いときと悪いときがあるのは不自然だもの。けれど、環境や体質で体調が変化することもあり得るから」

「環境……ですか？」

いまいちピンときていないのかクロードが首を傾げている。

「例えば体質に合わない食べ物があって、それが原因で体調を崩しているとかね。体が拒絶して異常な反応を見せるとか」

「それは食べ物に限ったことなのですか？」

「埃《ほこり》とか布とか化粧品とか体内摂取の他にも肌が接触するだけで症状が出ることもあるの。ただ、私が知っている症状の特徴は出ていないみたいだから可能性としては低いかもしれないけれど」

「なるほど……。やはり姉上は博識ですね。俺は絶対に毒じゃないかと、それだけを考えてしまっていました」

「それが貴方《あなた》の仕事でしょう」

クロードは毒の専門家なのだから、まずそれを疑うのが仕事だろう。

何にせよセシリア皇女を診てみないことにはなんとも言えない。

「ところで、セシリア皇女殿下の症状は発熱だけ？」

「主な症状はそれですね。ですが、熱がなくても起き上がることが難しいこともあります。息がしにくく過呼吸気味になる、手足の痺《しび》れなどは聞いています」

「白目の状態や口の中、息の匂いとかは分からないということね」

「何せ近寄れませんので」

「薬を飲んで体調が悪くなれば薬が悪いと疑う気持ちは分かるもの。仕方がないわ。それとセシリア皇女殿下に出された薬はあるわよね？　どの薬なのか面会を終えてから持ってきてくれると助かるわ」

「今でなくていいのですか？」

クロードの問いに私は静かに頷いた。

今聞いてあれこれ話をしていたらセシリア皇女を待たせてしまう。

「私の目的はセシリア皇女殿下に再び診察を受けるように働きかけることであって、今日絶対に原因を特定しなければいけない、ということではないもの。……それで、セシリア皇女殿下はお部屋にいらっしゃるのかしら？」

「はい。今日は症状が落ち着いていらっしゃるのでお話も可能です。俺は部屋に入れませんが扉の前まで案内します」

「案内をよろしく頼むわね」

クロードと一緒に執務室を出て、私達は王城の奥……皇族しか入れない区域にあるセシリア皇女の部屋に向かった。

普段は許可がなければ貴族が入ることはできない場所だからか人の往来はあるものの、話し声がほとんどしない。

自分達の足音だけが響いてなんとも落ち着かない気持ちになる。

「こちらです」

クロードが足を止めたことで私はセシリア皇女の部屋の前まで来たことを知った。

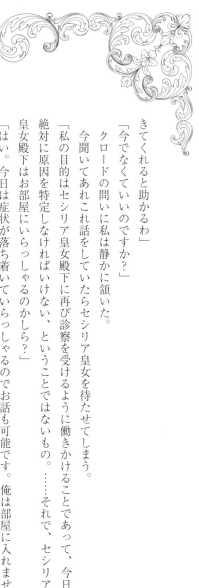

どこか不安げな表情を浮かべるクロードに私は軽く笑みを返す。

少し落ち着かない様子を見せた彼は私から顔を逸らすと、扉の前にいる騎士に向かって開けるように伝える。

「私はここまでですが、よろしくお願いします」

「案内ありがとうございました」

クロードに頭を下げた私はセシリア皇女の部屋に足を踏み入れた。

中はカーテンが閉じられて薄暗く、侍女の数も最小限に抑えられているようである。

ベッドに目をやると顔色があまり良くなさそうなやつれた少女が起き上がって健気にも私に微笑みかけてきた。

「貴女がアリアドネお姉様ね」

「お初にお目にかかります。フィルベルン公爵家のアリアドネ・ルプス・フィルベルンと申します」

「セシリア・レオ・アラヴェラよ。忙しいでしょうにお見舞いに来てくれてありがとう」

「いいえ。体調が優れない中、時間をいただきまして申し訳ありません」

「はとこなのだからもっと気軽に話してくれてもいいのに……。そうだわ、そこに座ってお話ししましょう？　いつも一人だから話し相手がいなくてつまらないの」

「……失礼致します」

持ってきていた花束を侍女に預けた私はベッドの近くにある椅子に腰を下ろす。

距離が縮まったことでセシリア皇女の顔がよく見えるようになったが、どうにも体調が良いようには見えない。

年齢は八歳だっただろうか。寝込んでいるからかもっと幼く見えるのに内面はかなりしっかりしている印象を持った。

「アリアドネお姉様は今年、学院に入学したのよね？　お兄様にはもうお会いになった？」

「はい。ミハイル皇太子殿下とご挨拶させていただきました。皇帝陛下に似てご聡明なお方でした。それと、セシリア皇女殿下のことを心配されておいででした。大切に思っていらっしゃるのですね」

「まあ、お兄様が？」

セシリア皇女は口元に手を当てて嬉しそうに笑っている。

口調や表情から察するに兄妹仲は良いらしい。

（爪の色が少し赤みがかっているわね。薄暗いから目や口がよく見えない……）

間違った答えを出したくないため、私はわざとらしくならないように窓の方を見た。

つられてセシリア皇女も同じ方向を見る。

「どうかしたのかしら？」

「いえ、今日はとてもいい天気ですし風も心地よいので気分転換になるかと思ったのです。けれど、セシリア皇女殿下の体調を思って閉じられているのなら口を出すことではないと思いまして考え込んでしまっていたのです」

「ああ、見えるものは同じだから飽きちゃって閉じていただけなの。……でも、せっかくお花を貰《もら》ったし、開けようかな」

特に命じてもいないのに侍女達が静かに、それでいて手早くカーテンと窓を開けた。

部屋に日差しが入り込み、室内が明るくなる。

「気持ちのいい風ですね」

「うん……。いつも寝てばかりだから久しぶり」

セシリア皇女は外の景色を眺めながら穏やかそうな表情を浮かべている。

（顔色が思った以上に悪いわね。唇の血色も悪いのに、これで体調がいい方だとは驚きだわ）

明るくなってから見ると、予想していたよりもずっと皇女は悪そうに見える。

診察するために来たわけではないが、職業病というかなんなのかついつい目が行ってしまう。瞼《まぶた》の裏や口も見られたら良いのだけれど、皇女相手にそれは無理だろう。

（爪の色が赤みがかっているのは体に何か異常がある証拠だけれど、体調不良からなっている可能性もあるし、毒によるものという断定はできないわね）

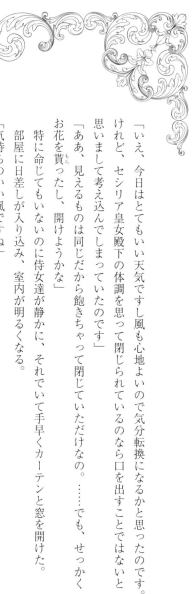

見た目だけで判別するのは難しかったので、やはり本職の人間に任せるしかない。

原因が毒であった場合、犯人はどうしたって身近にいる人物。つまりここにいる侍女の可能性があるから迂闊《うかつ》なことは言えない。

さて、どうするか。

「そういえば、せっかく来てくれたのにお茶もお出ししないなんて失礼ね。デリア、いつもの紅茶を出してちょうだい」

「あ……申し訳ございません。ちょうど茶葉が切れておりまして……」

「あら、そうなの。最近なくなるのが早いのね。残念だわ。アリアドネお姉様にも飲んでいただきたかったのに」

「代わりに別の紅茶をご用意致します」

デリアと呼ばれた侍女に目を向けると、どこかホッとしたような表情を浮かべている。

帝国では珍しい赤毛の女性で年は二十代半ば頃だろうか。

皇女の侍女になるくらいだから名のある貴族の令嬢のようで気品があり清楚《せいそ》な美女であった。

彼女がお茶を用意する傍《かたわ》ら、私は室内の方に視線を向ける。

窓を閉め切っていたから埃っぽくなっているところもあるし、それも影響しているのかもしれない。

けれど、特に反応しそうなものは見当たらない。

「いつもの紅茶はセシリア皇女殿下のお気に入りなのですね。私も紅茶が好きなので殿下のお気に入りの茶葉がどちらのものなのか気になります」

「元々はお祖母《ばあ》様の出身であるハイベルグ王国の茶葉なのだけれど、私のためにブレンドされた特別なものなのですって」

「ハイベルグ王国の茶葉自体、生産数が少ないので皇室以外に国外に出ることはありませんし、皇女殿下のためにブレンドされたものならなおさらでしょうね。残念に思います」

「国外の紅茶について詳しいのね。アリアドネお姉様も紅茶がお好きなら、きっと色々と感想を言い合えたのに……。切らしているなんて悔しいわ」

セシリア皇女は心の底から落胆している。

兄以外に親族と関わることがなかったからか、はとこという関係の私に親近感を抱いてくれているようだ。

私など信頼に値しない人間なのに畏れ多いと思っていると、デリアが用意した紅茶を持ってきた。

「こちらのお茶も美味《おい》しいのよ。一番はハイベルグ王国の紅茶だけれどね」

「皇室に献上される茶葉ですもの、こちらもきっと美味しいのでしょうね。では、いただきますね」

ニコニコと笑っているセシリア皇女を微笑ましく思いながら、私は紅茶のカップを手に取った。

「ブレンドされたハイベルグ王国の紅茶はお砂糖を入れなくてもとっても甘いのよ。まるで蜂蜜みたいな香りもするの。飲むとすごく落ち着くし、よく眠れるのよ」

セシリア皇女の言葉に思わずカップを持つ手が止まりかけるが、平静を装ってそのまま口を付けて飲み込む。

「……私好みで、とても美味しいですね」

「よかったわ」

気に入ったのが嬉しいのかセシリア皇女の機嫌は上がっているようだ。

反対に私は彼女の言った言葉に何か引っかかるものを覚える。

(生前に何度かハイベルグ王国産の紅茶を飲んだことがあるけれど濃いめで苦みの強い紅茶だった。砂糖を入れなくてもとても甘いなんて一体何とブレンドしているのかしら?)

可能性があるとすればマカレアが使われている可能性。

あれは砂糖の代わりとして旧ラギエ王国の平民の間で使われていた。

旧ラギエ王国にしか自生していなかった花だ。

内乱のときに絶滅したと聞いているけれど、生前の私も持っていたし今も誰かが所持している可能性はある。

（旧ラギエ王国はハイベルグ王国の領地に組み込まれているけれど、栽培しているという話は聞いていない。そもそも毒もない無害な花だけれど）

けれど、ナルキスの抽出液を使うことで毒に変わるものでもある。

生前の私が発見したもので外には出ていないと思うが、もしかしたら誰か発見したのだろうか。

（そもそもマカレアを服用したところで、セシリア皇女の症状は出ないはず。たまたまなのかしら？　それともブレンドされたものの中に入っているとか？）

決めつけるのは良くないが、気になってしまう。

まあ、可能性のひとつとして留め置いておこう。

セシリア皇女を観察しながら紅茶を飲んでいると、彼女がモジモジと何かを言いたそうにしているのに気が付いた。

しきりに周囲の侍女を気にしており、あまり聞かれたくないのかしら？　と私は少し身を乗り出す。

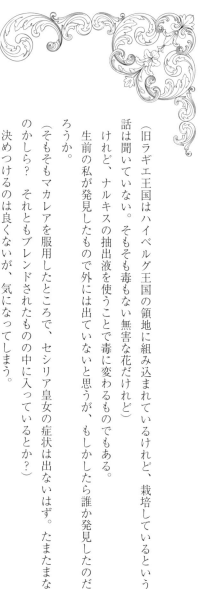

「どうかなさいましたか？」

「あ、気を遣わせてしまったわね。……その、学院でのお兄様のご様子はどのようなものなのか気になって」

「学年が違うためあまり交流はないので詳しくは存じ上げていないのですが、学院でも中心におられて皆が一目置いていますす。羨望《せんぼう》の眼差しを向けられておいでですよ」

「やっぱり……！　さすがお兄様だわ」

フフッとセシリア皇女ははにかんだ笑顔を向ける。

彼女は兄である皇太子のことが大好きなようだ。

疑心暗鬼になっている彼女に付入るならばここだろう。

「皇太子殿下は本当にセシリア皇女殿下を心配されておいでした。宮廷医に診てもらいたいと涙目で憔悴《しょうすい》しておられて……。ですが、セシリア皇女殿下のお気持ちが大事なのも理解しておられるので無理を通すこともできずに悩んでおられました」

「お兄様がそこまで……？」

「セシリア皇女殿下が苦しんでいる姿を見るのが辛《つら》い、何もできない自分が歯がゆいと仰っておりました。安心できる方に同席していただいて診てもらうことは難しいでしょうか？」

笑顔だったセシリア皇女は途端に下を向いてしまう。

「でも……宮廷医に貰った薬を飲んでから体調が悪くなり始めたのよ。だから、きっと彼が何かしたのだろうと思って信用できなくて」

「そうだったのですね。では、医師を替えたら安心していただけるでしょうか？　それか診察だけで薬を出さないなどすれば大丈夫でしょうか？」

私の提案にセシリア皇女は表情を曇らせた。

あまり気乗りしていないようではあるが、悩むということは選択肢に入っているということ。

薬が原因だと思っているなら、それを排除してしまえば診察は受けてもらえるのではないかと思っていると、彼女はゆっくりと口を開いた。

「……診察だけなら問題ないし、あの者でなければ大丈夫だと思うわ。それにお母様に同席してもらえたら」

「畏まりました。そのようにお伝えしますね」

「我が儘を言ってしまったわね。けれど、お兄様がそこまで私を心配してくださっているなんて知らなかったわ。お兄様のために私も勇気を出さなければね」

ようやく笑顔を見せてくれたセシリア皇女だったが、すぐに咳き込んでしまった。

話しすぎたのかもしれない。ある程度分かる範囲で知れたし、宮廷医に診てもらう約束もできたのでもう帰った方がいいだろう。

「長居してしまいましたね。どうぞゆっくりとおやすみください」

「来てくれたのに何もできなくて申し訳ないわ……」

「そのようなことはございません。今度はセレネも連れて参りますね。少し騒がしくなるかもしれませんが」

「本当に？　セレネお姉様にもお会いしたいから待っているわね」

「ええ。伝えておきます。それでは」

セシリア皇女に別れを告げ、侍女達の顔色を窺いながら私は彼女の部屋を後にした。

クロードの執務室へと向かっていると、背後から声をかけられる。

振り返ると、セシリア皇女の侍女であるデリアが緊張した面持ちで立っていた。

「何か？」

私が問いかけると、周囲を確認したデリアは近づいてきて小さな声で話し始めた。

「あの……セシリア皇女殿下は王城の外で静養されるのが一番だと思いまして……。それでフィルベルン公爵家の方で受け入れてくださらないかとお願いしに参りました」

「……そう、そのように陛下に伝えておくわ」

デリアは途端にホッとしたような表情を浮かべる。

わざわざ言ってくるということは王城内に危険があるということだろう。

彼女が関わっているのか、たまたま知ったのかは分からないが、助けを求めてきたと。

つまりそれは、セシリア皇女殿下の命が脅かされているということだ。

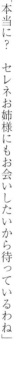

セシリア皇女との面会を終えた私は、騎士の案内ですぐにクロードの執務室へと帰ってきた。

部屋に入ると彼は待ちわびていた様子で立ち上がり、私に近づいてくる。

「どうでした？」

「思ったよりも悪そうね。何が原因なのか特定はできなかったけれど、引っかかる部分はあったわ」

「引っかかる部分ですか？」

「ええ。ハイベルグ王国産の紅茶をよく飲んでいるそうなのだけれど、ハチミツのような匂いがして砂糖を入れなくても甘いのですって。あそこの茶葉は濃いめで苦いでしょう？　だから違和感があってね」

「そうなんですか？　姉上はハイベルグ王国の紅茶を飲んだことがあるのですね」

考え込むような表情を浮かべたクロードが私に視線を合わせる。

大半は国内で消費しているが、伝手があれば手に入れられるはずだが……。

まあ、私も招かれて飲んだことがある程度だから、クロードになくても不思議ではない。

「ヘリング侯爵のお屋敷で出されたことがあったのよ。珍しいから覚えていただけ」

途端にクロードの表情が険しくなり、人を射殺せるような鋭い眼差しになる。

私に対してではないというのは経験で分かっている。

彼は今も私が殺された頃から時間が止まっているのかもしれない。

「昔のことはいいのよ。今はセシリア皇女殿下のことでしょう？」

「姉上は恨みや憎しみがないのですか？　あの男のせいで姉上は」

「あれは私にも非があった。なのに誰かのせいにして私の罪を軽くするような行いはしたくないだけよ」

私の言葉を受けたクロードが大きなため息を吐いて、片手で目を覆う。

彼からしたら甘いと思われても仕方がない考えなのは分かっている。

「それよりもセシリア皇女殿下から、以前診察した宮廷医ではない人、薬は出さないこと、皇后陛下が同席するという条件で診察を受けてもいいという言葉を貰ったわ」

「……あんなに頑《かたく》なだったのに、どのような魔法を使ったのですか？」

「セシリア皇女殿下は宮廷医と彼が出した薬に不信感があったからそれを取り除いたの。あと、私に学院での様子を尋ねるくらい皇太子殿下を尊敬して大好きなようだから、そこを突かせてもらっただけ」

「なるほど。少し大袈裟に話した、と」

さすがクロード。姉の性格をよく分かっている。

私は心の中で彼に拍手をした。

妹思いの皇太子だから、多少脚色したとしても宮廷医の診察を受けてくれる気になったのだから流してくれるだろう。

「ですが、姉上のお蔭で診察ができるようになりました。ありがとうございます」

「大したことはしてないわ。私が診るより本職の人間が診るのが一番だもの。だからクロードも一度セシリア皇女殿下に会って診てほしいの。まあ、その許可を取るの忘れちゃったんだけれど」

「なんで忘れるんですか⁉」

「ついウッカリ。悪いわね」

「ビックリするほど申し訳なさが感じられない……！」

クロードは目を見開いて私を凝視している。

多少の罪悪感はあるが、忘れていたのだから仕方ないではないか。

「……大丈夫よ。宮廷医の診察が終わって体調不良になるとかなければ、セシリア皇女殿下の不信感も薄まるし貴方の診察を受け入れてくれるかもしれないでしょう?」

「待たなくても姉上が診ればいいじゃないですか。俺よりも正確な診断ができるでしょう?」

「世間から見て十四歳の子供の診断結果は合っていたとしても信用に欠けるでしょう……。たとえ陛下とクロードが受け入れたとしてもね。準備も何もしていないのに他の貴族が付入る隙をわざわざ与えるのは、危険だと思うわ」

私がまだ十四歳の子供だということを思い出したのか、クロードは言葉に詰まった。

言葉の重みが全くなく軽すぎる年齢。子供が一丁前に偉そうなことを言っていると思われるだけで、まともに取り合ってもらえない。

「……軽率な発言でした。社会的地位がある俺が矢面に立った方がいいですね。俺がセシリア皇女殿下を診察できるように調整します」

「頼むわね。……それと、面会前に言っていた薬の件はどうなったのかしら？」

「ああ。それならセシリア皇女殿下に出されたものと同じ薬を持ってきてもらいました。診察の許可が下りたことで頭からすっぽ抜けていました」

「貴方だって人のことを言えないでしょうよ……」

「血の繋《つな》がった弟ですから、似ているのでしょう。仕方がありませんよね」

文句のひとつでも言ってやりたいが自分のことを棚に上げてまで言うことはできず、私は唇を噛《か》んだ。

育った環境は全く違うのに、どうしてこうも思考が似通う部分があるのか不思議である。ともかく、薬を手に入れてくれたのはよかった。

薬が合わなかった、副作用の可能性も原因として考慮していたけれど、セシリア皇女の話を聞いてその可能性が高くなったから早めに調べたかったのだ。

「もうこの部屋にはあるのでしょう？　出してもらって構わないかしら？」

クロードは「すぐに」と言って席を立って机の上の小さな袋を手に取ると、私がいるテーブルの上に置いた。

再びソファーに座った彼は、小さな袋から紙に包まれたいくつかの薬を取り出す。

私はテーブルに置かれた内のひとつを取ると、包んでいた紙を丁寧に開けた。

「これはセシリア皇女殿下に出されたものと全く同じもので合っているかしら？」

「ええ。殿下が『飲まない！』と言ってはたき落とした現物になります。俺が責任者を務めている王城の薬室で管理していたので中身はそのままです」

ならば、すり替わっている可能性は低いだろう。

中身を手に取ってみる。

乾燥させた薬草を細かく砕いたもので、鼻を近づけて嗅いでみるが特に気になる匂いはしなかった。

「この匂いはアルンの茎ね。発熱が主症状だし、大抵の場合処方される薬だわ。他のは血の巡りを良くする薬と喉の炎症に出される薬かしら。組み合わせとしては当たり前のものでおかしなところはないわね」

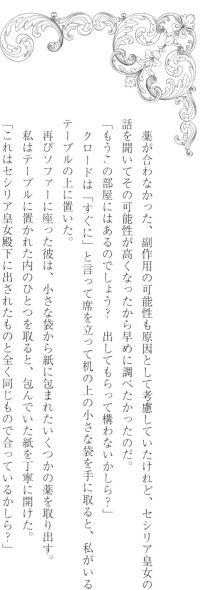

「匂いだけでよく分かりましたね。毒だけじゃなくて薬にも詳しいとは」

「薬だって使い方によっては毒になるもの。覚えておいて損はないから勉強したのよ」

もっとも、クロードよりも優れていたいという気持ちがあったからだ。

ともかく、この薬で副作用があったという話は今まで聞いたことがない。

「この薬はセシリア皇女殿下が熱を出したときにいつも出されていたのよね？」

「そうです。これまでは薬が効いて回復しておられました」

「今回に限って服用後に体調が悪くなった……」

匂いにおかしなところはないから、薬自体に問題はないだろうが一応味も確かめておこうか。

人さし指を細かく砕かれた薬に触れさせ、付いた薬を少量口に含んだ。

少し味わった後で持ってきていたハンカチにそのまま吐き出す。

「中身ならすでに調べて問題ないと結果が出ていますが、何か入っていましたか？」

「全く。正常な薬ね。宮廷医が犯人という説は低いのではないかしら」

「それは両陛下も仰っていましたね。一応、残りも確認してもらっていいですか？」

頷いた私はクロードから差し出された残りの薬の匂いと味を確認していく。

けれど、結果は何も変わらず至って普通に処方される薬だと分かっただけであった。

（やはりセシリア皇女の体質によるものなのかしら？　それとも）

クロードも同じことを考えていたようで、私と彼は顔を見合わせて首を捻《ひね》った。

ともかく、不安要素はひとつずつ消していくに限る。

まずは別の医者とクロードに診察してもらった結果を待つしかない。

あと、これは一応聞いておこうと私は口を開く。

「そういえばハイベルグ王国の茶葉は向こうから贈ってきたの？」

「いえ……確かスビア伯爵が親しくしている人にお願いして協力してもらったそうです。

それでハイベルグ王国産の茶葉をあちらの国が献上していました」

「ではハイベルグ王国でブレンドされたものなの？」

「ええ。そう聞いています。セシリア皇女殿下にということだったので飲みやすいように甘くしたと」

「それは貴方が毒味を担当したのよね？　変わった点はあった？」

「いえ、甘みを出すためのものが入っているだけで、おかしな点は何も」

スビア伯爵が関係していると知った私は眉を顰《しか》めた。

彼は私の生前、隠れ貴族派でヘリング侯爵に情報提供を行っていた人の一人。

気弱で臆病、長いものに巻かれる性格だったから、自ら実行に移すような大それたことはしないと思っていたけれど。

ただ単に利用されただけなのだろうか。けれど、ここにきて当時の貴族派の人間が関わっていることが気にかかる。

しかも事前に毒が入っていないことが確認できているのであれば、後から混入させたか、また別の原因があるのか……。

疑惑を確かめたくて私はクロードに質問を投げかける。

「セシリア皇女殿下の症状が出始めたのはいつから？」

「明らかな症状が出始めたのはここ一ヶ月くらいでしょうか。それ以前から徐々に悪化していったという感じでしたが……」

「ハイベルグ王国産の茶葉がセシリア皇女殿下の元に届いたのはいつ？」

「……三ヶ月ほど前だったと思います」

蓄積されるものであれば、量にもよるが症状が出始めてもおかしくない。

ただ私が心配しすぎているだけなのかもしれないが、スビア伯爵が関わっていることが気にかかる。

そういえば、クロードはマカレアが入っていることには気付いているのだろうか。

「甘みを出すために使われているのは何だと思う？」

「……マカレアでは？　特に毒性もない無害なものですし、砂糖の代わりに使うこともありますのでおかしくはありませんよね」

今の言葉から、クロードはマカレアとナルキスの抽出液の関係性を知らない。

ただ、あの効果を知っているのは私だけだったはず。クロードが知らないのだから公にはなっていないのだろう。

確か、当時マカレアとナルキスの抽出液の関係を記した書類があったはず。嫌な予感がして私は口を開く。

「私の死後、隠し部屋のものは全て処分したのよね？　内容は確認した？」

「確認しました」

「そこにマカレアの件について書かれた書類はあった？」

「……いいえ、ありませんでした。姉上の研究結果なので、頭に入れておかなければと思って覚えたので確実です」

あのとき父は使用された毒と一緒に書類も抜き取っていたのか……。

それをヘリング侯爵に渡していたとしたら、今回満を持して使おうとなっていてもおかしくはない。

ヘリング侯爵に渡していなくても自分を助けてもらおうと取引として誰かに渡しているかもしれない。

ただの偶然かもしれない。しかしもう少し情報が欲しい私はクロードに問いかける。

「ところで話は変わるけれど、ネルヴァ子爵は最近何をしているか分かる？　誰かと会っているとか、何かを搬入するのに協力しているとか、他国との繋《つな》がりとか」

「ネルヴァ子爵ですか？　そうですね……数年前から西方諸島との取引が増えていますね。あとその関係で帝都内の空き家や倉庫を購入しています。ああ、そういえば学院の方に新しく西方諸島から仕入れた茶葉を納入したみたいですね」

「もしかしてラナン地方の茶葉かしら？」

「よくご存じですね。その通りです」

隠れ貴族派としてヘリング侯爵に情報提供をしていたのはもう一人いる。

今言ったネルヴァ子爵だ。両家とも当時から当主は変わっていない。

西方諸島のラナン地方の茶葉はヘリング侯爵が好んでよく飲んでいたものだ。

偶然にしてはできすぎている。

そうであってはほしくないという思いから、私はクロードに最後の質問を投げかけた。

「ネルヴァ子爵が所持している懐中時計のふたにくすんだルビーがはめ込まれていない？　あとスビア伯爵はペーパーナイフの持ち手に同じくすんだルビーがはめ込まれたものを持っているのでは？」

「くすんだルビー、ですか？　…………ああ、確かにネルヴァ子爵の持っている懐中時計のふたにはめ込まれていたのを見たことがありますね。スビア伯爵は……申し訳ありません。普段交流がないので確認したことがないです」

「そう……」

スビア伯爵の方は確認できなかったが、ネルヴァ子爵の方は確実に今もヘリング侯爵と連絡を取り合っている。

くすんだルビーは貴族派が当時の皇室をそう蔑称して使っていた言葉。

あのときは貴族派の人間が仲間と分かるようにそれをはめ込んだものを各々が使っていたのである。

それを今も所持しているということは、ヘリング侯爵と未だに繋がりがあるということに他ならない。

で、あれば。

「……今回の件、ヘリング侯爵が関与している可能性が高いと思うわ」

「なぜそう思われるのですか？」

「スビア伯爵とネルヴァ子爵は当時貴族派でヘリング侯爵に情報提供をしていた人物だからよ」

そう口にした途端、クロードはまさか……と目を見開いていた。

皇帝は彼らのことまで把握していなかったのだろうか。

……まあ、あの三人の性格から考えれば仕方ないかもしれない。そもそも主犯と主要人物は逃げているわけだし。

「間に人を介さずにヘリング侯爵と直接連絡を取っていたから、把握していなくて当然かもしれないわね。ヘリング侯爵は疑り深くて慎重な人だったし、あの人達はずる賢い小心者だから証拠なんて何も出なかったのでしょうね」

「……ちょっと待ってください。本当にあの二人が？　影の薄い人物じゃありませんか」

「だからヘリング侯爵も目をつけたのでしょうね。小心者で臆病だから個人では悪さはしないと思っていたけれど。ヘリング侯爵が関与しているとなれば駒として使われていてもおかしくはないわ」

「特に目立つわけでも中心にいるわけでも権力があるわけでもない二家ですが……。盲点でした」

情報提供程度で実行犯ではないから、皇帝側は見つけられなかったのだろう。

私もヘリング侯爵が再度仕掛けてくるとは思っていなかったから気にもしていなかった。

「スビア伯爵とネルヴァ子爵の動向を調べてみた方がいいと思うわ」

「すぐにやります」

「それからセシリア皇女殿下にはもうあの紅茶を飲ませないで。あと体調が回復し次第、静養目的でフィルベルン公爵邸に移してもらえないかしら？」

「そちらも陛下に進言して早めに実行させていただきます。ですが、大人に影響が出なくて子供に影響が出るくらいの量を入れられるとなると」

クロードの言いたいことはよく分かる。

ヘリング侯爵と時を同じくして行方が分かっていない私達の父親。

彼が関わっている可能性も非常に高い。

「それらも踏まえてこちらでももう一度、ヘリング侯爵の逃走経路を調べてみるわ」

「お手数をかけますがよろしくお願いします」

「では、私はエドガーのところに行くからこれで失礼するわね」

クロードに挨拶をして立ち上がると、彼は盛大なため息を吐き出した。

まさか二十年以上も経って再び手を出してくるとは思わなかったのだろう。

私もだけれど。

今回は絶対に未然に防いでみせると決意し、私は執務室から出ていった。


あの日、私はエドガーの元に行ってヘリング侯爵の行方を含めて色々と仕事を依頼しておいた。

そして数日経ったが、セシリア皇女が宮廷医の診察を受けたとかクロードの診察を受けたとかいう話は、今のところ私の耳に届いていない。

伝えられる立場の人間だとは思っていないのでそれはいいのだが、心配である。

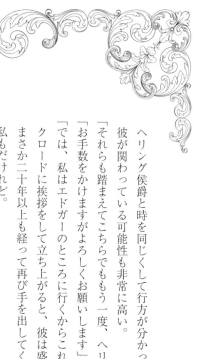

悪い話が噂として出回っていないから大丈夫なのだろうが、気になる。

けれど、皇太子にどうなりました？　などこちらから聞くのは失礼だし品がない。

まさか自分がこのように他者に興味を持って心配するとは……。

「まあ、学生の本分は勉強だものね……。いずれ誰かから報告があるでしょう」

そう自分に言い聞かせて、私はカフェテリアへと足を向けた。

今日はセレネが偵察と称して、とある貴族令嬢達と行動を共にしているため私は一人なのだ。

別にやらなくていいと言っているのに、彼女は私のために動いてくれている。

いつまでも妹に負担をかけるのも申し訳ないので、いずれ私が決着をつけなければいけない。

覚悟はあるが、一発で黙らせられるタイミングがなかなかやってこないのだ。

（とりあえず、長期休暇前の前期テストで首席になれば大抵の人間は黙るでしょう）

一発で黙らせられることではないが、悪印象を払拭するのには効果がある。

テスト内容についても過去に勉強したことだし特に問題もない。

出し惜しむことなく、全力で当たらせてもらおうではないか。

などと思いながらカフェテリア内を歩いていると、この間私を呼びに来た皇太子と仲の良い貴族令息が近寄ってきた。

彼は私に頭を下げると、皇太子が呼んでいることを伝えてくれた。

もしや、セシリア皇女の件で話があるのだろうか。

だとするなら、ちょうど考えていたところだったので渡りに船だ。

断る理由もないので私はすぐに行くと返事をして、皇太子の元に連れて行ってもらう。

「呼び立ててすまない」

「いえ、大丈夫です」

さすが皇太子。カフェテリア内の個室、その中でも一番豪華な個室を利用している。

壁も厚いし、秘密の話をするにはもってこいの場所だ。

私は皇太子に礼をして椅子に座ると、呼びに来た貴族令息は静かに部屋を出ていった。

つまり、個室に私と皇太子の二人だけとなる。

「あまり緊張しないのだな」

「顔に出ないだけです」

とは言ったが緊張など全くしていない。

この神経の図太さが私の長所でもあり短所だな、とふと思った。

そもそも、皇太子は婚約者のいる身だし私とははとこに当たるから、二人きりでも特に問題はないはずだ。

何か言われたら、セシリア皇女の面会の件で話があったからと言えばいいだけである。

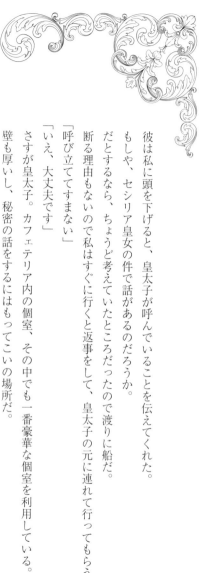

「アリアドネ嬢は俺が思う以上に気丈な人なのだな。もう少し弱い面もあるのかと思っていたが」

「……強くならざるを得なかった、というのが正しいかと思います。色々とありましたので……」

「それはそうだな。俺などよりよほど苦労をしてきている」

皇太子の言葉に肯定も否定もせずに私は曖昧に笑ってみせる。

あくまでもアリアドネ・ベルネットとしての性格から口にした言葉だったから。

けれど、本来のアリアドネも芯の部分は強かったと思う。

でなければセレネに対して苦言を呈することなどしなかっただろうし。

「ともかく、俺の考えすぎだったようだ。君が勘違いされて陰口を言われるかもしれないと思って手早く終わらせようと思ったが、その心配をする必要もなさそうで安心した」

「お心遣いに感謝します。ですが、今の状況のことを他の方に言われたところでやましいことなど何もないのですから、どうということはありません。それに人払いをしなければならない内容のお話なのでしょう？」

「ああ。皇室の弱みをあまり他者に見せても聞かせてもいけないからな」

「……そうですね。ですがひとつだけ。婚約者のサベリウス侯爵家のシルヴィア様が勘違いなさらないように説明をしていただけたらと思います」

「あいつだったら鼻で笑って済ませそうな気はするが、一応伝えておこう」

皇太子の婚約者になるのだから完璧な淑女なのかと思ったら、意外と一癖ある人物のようだ。

型にはまらないタイプならば、もしかしたら気が合うかもしれない。

けれど病弱だから簡単に会えないだろうし、残念だ。

「気心知れた仲なのですね。皇太子殿下と未来の皇太子妃殿下の仲がよろしいのは帝国にとって喜ばしいことです」

「どちらかというと向こうに振り回されている、と言った方が正しいけどな」

言いながら皇太子は苦笑している。

それを許している時点で相当信頼しているし絆《きずな》がある証拠だ。

「いや、シルヴィアのことはいい。君を呼び出したのはセシリアの件についてだ」

平静を装っているが、皇太子の耳が赤い。

信頼と絆の前にシルヴィアに対して恋愛感情を持っているのだろう。

微笑ましいことだ。

「あれからセシリアは母上同席の上で別の医者の診察を受けてくれた。リーンフェルト侯爵も来週診察する許可を得られた。妹の考えを変えてくれて感謝する」

「大したことはしておりません」

「大したことさ。なんせ俺が言った話を倍に膨らませてセシリアに言ったそうじゃないか。涙目で憔悴していた、と聞かされたときに動揺しながらも話を合わせた俺を褒めてほしいくらいだ」

「それくらいセシリア皇女殿下を愛して心配なさっていたと表現したかったのです。嘘はついておりませんよ？」

「先ほどの弱い面があるとの発言は撤回させてもらおうか。君は相当肝が据わっているし度胸がある」

柔らかい口調だったので、それほど気分を害してはいないのだろう。

大袈裟に言ったことは認めるが、的は外れていないと思ったのに人の感情というのは難しいものだ。

「セシリア皇女殿下のためにとの発言でしたが、引っかかる部分があったのでしたら謝罪致します」

「セシリアのためというのは分かっている。別に怒ってもいないし発言が間違っていたわけでもない。ただ兄の威厳的な話だ。格好いい兄でいたいのでね」

「どのようなお姿であろうと、皇太子殿下は自慢のお兄様でいらっしゃいます。セシリア皇女殿下は皇太子殿下が心配されていたことを嬉しく思っていらっしゃいました。兄として尊敬して愛しておられるのですね」

「そ、そうか。セシリアが……」

毅然《きぜん》とした態度をとろうとしているが、口元がニヤけるのを抑えられないようだ。

こういった面はまだまだ子供なのだなと可愛く思った。

「ですが、無事に医者の診察を受けられたとのことで安心致しました。リーンフェルト侯爵も診察されるとのことで、原因が分かればよろしいですね」

「ああ。医者の見立てでは色々な場所が弱っているらしい。どこが悪いのかまだ分からないとのことだ。リーンフェルト侯爵が原因を見つけてくれればいいが……。まあ、その後にフィルベルン公爵邸にセシリアを静養に行かせるから、これ以上は悪いことにはならないとは思う」

「……正式に決まったのですね」

「ああ。リーンフェルト侯爵の話から、セシリアを王城に留めておくのは危険だと両陛下が判断した」

どこまで話したか分からないが、あの二つの家に関してはクロードと皇帝がきちんと調べてくれるだろう。

あとは侍女の問題か……。

「それとフィルベルン公爵邸でご静養なさるときは、念のためできれば侍女の数を最小限にしていただいた方がよろしいかもしれません」

「それはこちらも考えている。まずは身近な人間から排除すべきだからな」

「エリック兄……フィルベルン公爵であればきっと優秀な侍女を付けてくださいますからご安心ください」

「そこに関しては心配はしていない。……何もないに越したことはないが、敵がいるとするならこれで諦めてもらいたい限りだ」

「そうですね」

条件が揃っているからこちらが心配しているだけで、実際はそうではない可能性もある。だが、念には念を入れた方がいい。

（薬を飲まなくても体調が良くなるという点が引っかかるのよね）

この間面会したとき、セシリア皇女は体を起こしていた。

薬もないのに良いときと悪いときがあるのは不自然としか言いようがない。

……ともかくクロードが何か見つけてくれることを祈るばかりだ。

「では話は以上になるが、他に君の方から聞きたいことはあるか？」

「いえ、大丈夫です」

「分かった。突然呼び立ててすまなかった。もし、今日のことで言ってくる奴がいたら俺に振ってくれて構わない。こちらで対処しよう」

「ありがとうございます。そうなった場合は力をお借りするかもしれません」

借りる気はないし、自分でなんとかしよう。さすがに守られてばかりは居心地が悪い。

……セレネが先に出てしまうかもしれないが、まあ大丈夫だろう。

「それでは、失礼致します」

皇太子に挨拶をして私は個室から立ち去った。


一難去ってまた一難とは、まさにこのことか。

目の前に憤慨した様子で佇《たたず》んでいる兄のアレスを見ながら、私は盛大にため息を吐き出した。

セレネが授業の分からないところを教師に聞きに行ったこのタイミングで話しかけてくるとは。

まあ、あの子には聞かせられない話をするつもりなのは顔から分かる。

どうせ、皇太子の件かテオドールの件か一年早く入学した件のどれかだろう。

付き合うのも馬鹿馬鹿しいが、曲がりなりにも相手は王位継承権を持つ身……無視するとこちらが不利になる。

他人に付入る隙を与えることはしたくないので、ひとまず大人しく話は聞こう。

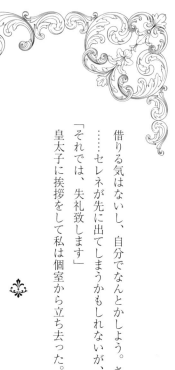

「それで、私に何のご用でしょうか?」

特に感情を滲ませることもなく言ったというのに、憤慨しているアレスは更に眉を吊《つ》り上げる。

「見ない間に随分と生意気になったものだ。お前ごときが僕にそんな口をきくとは。エリックの前ではいい子を演じているからか甘やかされて調子に乗っているようだな」

「相手はフィルベルン公爵であり、貴方よりも年上で立場も上なのですから呼び捨てなど無礼です」

「そうやってエリックにも取り入ったのだろう? あいつも騙されて情けない」

「……馬鹿馬鹿しい。ご自分がどれだけ品のない発言をなさっているか理解しておられますか?」

エリックと私を侮辱しているのがありありと分かる。

これが先代皇帝の弟の孫かと思うと情けなくなる。

なぜ彼は周りの評価に流されず、自分で考えられないのか不思議でならない。

見直す切っ掛けは何度もあったはずなのに、だ。

「お話がそれだけなら、時間の無駄ですので失礼します」

「勝手に話を終わらせるな!」

アレスに背を向けて立ち去ろうとすると、背後から彼の苛立《いらだ》った声が聞こえてきた。

私は再びため息を吐いて振り返り、彼と対峙《たいじ》する。

「本当に用件だけをお話しください」

こちらだって暇ではないのだ。

ボランティアで奉仕活動をするにも限度というものがある。

私の言葉にアレスは表情を歪ませたが、どうにか押しとどめたのか拳を握りながら息を吐いた。

怒りをコントロールするくらいには成長しているらしい。

「……病気で寝込んでいる婚約者がいる男にも取り入ったそうじゃないか。男とみれば見境なしか。情けない」

「病気で寝込んでいる婚約者？　どなたのことです？」

「しらばっくれるな！　この間、皇太子殿下と二人っきりで会っていたそうじゃないか！」

「ああ……皇太子殿下のことでしたか。それなら最初からそう仰ってください。回りくどくて悩んでしまったではありませんか」

嘘だ。

最初の言葉で皇太子のことだと分かっていたが、口にしたらそら見たことかと攻撃の餌を与えてしまうから泳がせただけである。

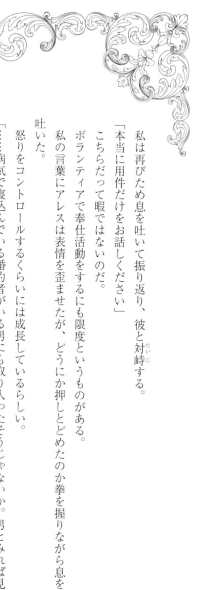

アレスは父親である元フィルベルン公爵に性格も口調も似たようだ。

だから思考も読みやすいし誘導しやすい。

「二人でいたのは事実ですが、内容は私の口から伝えることはできませんので、皇太子殿下に直接お尋ねください」

「それならもう聞いた。セシリア皇女殿下のお見舞いの件とそのお礼だそうじゃないか。セレネを出し抜こうとするなんて、陰気な女なのは変わらないな」

「皇太子殿下に尋ねて答えを聞いた上で私に文句を言いに来たということですか。暇なのですか？」

「お前があまりに分不相応なことをしているから恥ずかしくなったんだ！　相変わらずセレネを虐めている上に、あの子の居場所を奪おうと皇太子殿下にまで粉をかけて騙して……。お前は自分のやっていることが正しいことだと胸を張って言えるか？」

「言えますけれど？」

この男は何を言っているのだ？

別にやましいことなどなければ、誰かを害そうと動いているわけでもない。

当事者のセレネが泣くようなことにもなっていないのだから、外野が口を出す問題ではない。

…………一緒に街に出かけたかったのに、とは言われたけれど。

「貴方は自分の考えを口に出す前に一度、頭の中で文章を組み立てた方がいいと思います。私を攻撃するはずが皇太子殿下を侮辱する内容になっております」

「はあ？　どこがだ！」

「皇太子殿下に粉をかけて騙して、の部分です。これは暗に殿下が私に騙されるような人間だと言っているも同じことです。殿下の優秀さを否定しておられます」

「いや……それは」

「大体、説明されたにもかかわらず私のところに来るなんて、貴方はどれだけセレネのことを信用していないのですか」

セレネの部分を言われたアレスは鼻で笑った。

「信用だとかそういう問題ではない。僕はセレネがどういう子なのかよく分かっている。お前に押し潰《つぶ》されて言いたいことも言えずに縮こまってしまっているんだ。言葉の暴力であの子を傷つけて泣かせて……」

「……私の知るセレネとは真逆ですね」

兄と姉で妹の見え方がこうも違うとは。

というかアレスの中のセレネは、それは誰？　と言いたくなるほどの人物像である。

どこを見ているのかと思う。

「だから！　それはセレネがお前を怖がって何も言えないだけだ！　この間だって過剰な

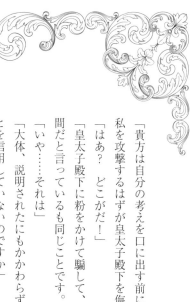

までにお前のことを庇っていた。いないはずのお前の存在に怯えていたんだ」

「ですから、それが信用していないと言っているのです。自分の中のセレネを現実のセレネに押しつけて、本当のあの子を見ようともしない。あの子の発言を何も信じていないではありませんか。いい加減、現実逃避はおやめになったらいかがですか」

「誰が現実逃避など！」

「逃げたところで貴方はルプスの名を剝奪された身。フィルベルン公爵になれない貴方に残されたのは妹の良き理解者だけなのでしょうね。それすらなくなったら存在理由がなくなるから見ないようにして縋《すが》り付いているだけでは？　その鬱憤《うっぷん》を私で晴らすのはいい迷惑です」

アレスを追い詰める言葉だが、いずれ直面しなければいけないことだ。

彼の問題にどうして私やセレネが巻き込まれなければならないのか。

それなりの年齢なのだから自分で対処してほしいし、こちらに八つ当たりされても困る。

これで分かってくれたら良いのだが、と見ていると彼は私の言ったことが理解できないのか顔を真っ赤にさせている。

「お前が……お前ごときが僕に意見するなんて生意気なんだよ！　セレネを支配下に置いて、セレネからテオドールを奪って、皇太子殿下から気にかけてもらって何様のつもりだ！　僕に意見して責めて、そうやって自分のことを正当化するつもりなんだろう！」

「でしたら、そう思っていればよろしいのでは？　貴方の中では私が悪者なのでしょう。悪者でなければいけないのでしょう。そのつまらないプライドのために未来を捨てるというのであれば私はもう何も申し上げることはありません」

どうぞご自由に、と言い捨てる。

顔を真っ赤にさせてアレスは分かりやすく激昂《げっこう》しているのが分かった。手を振り上げたことから、これは叩かれるなと悟る。

大人しく叩かれて学院から追い出すべきか。いや、この子に怪我《けが》をさせたらいけない。どちらを取るべきかで少し判断が遅れた。

「何をしているの!?」

不意に背後から聞こえてきた声にアレスは硬直する。私が振り返ると走ってきたのか息を切らせているセレネが立っていた。

彼女はアレスを睨みつけ、私にすぐに抱きついてきた。

「殴ろうとした！　お姉様を殴ろうとした！」

「ち、違う！　違うんだセレネ。これはこいつが生意気なことを言うから」

「お姉様は生意気なんかじゃない！　どうせお兄様が余計なことを言ってお姉様が正論を言っただけでしょう」

私に抱きつきながら言うものだから、耳にダイレクトに届いてしまう。

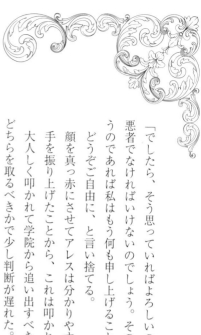

庇ってくれるのは嬉しいけれど、少しトーンを下げて……セレネ。

「私に言うだけならまだしも、お姉様に直接なんて……。エリックお兄様から忠告されていたはずなのに、それを無視するなんて何を考えているの？　お姉様に失礼なことを言ったのでしょう。謝って」

「セレネ……。僕はお前を思ってそいつに言ったのにどうして庇うんだ？」

「私を思ってのことだったら、前に伝えたはずよ。私はお姉様が好きで尊敬しているの。だから側にいるんだって。どうして私の意思を無視するのよ。信じられない」

「人のいいセレネが信じるのも無理はないが、悪意を持って利用しようとしているのになぜ気が付かない？　そいつは君を嫌っているんだ！」

アレスの言葉を受けてセレネの動きがピタリと止まる。

少しの間、三人の間に微妙な空気が流れた。

しかし、空気を読めないアレスは得意満面の笑みを浮かべている。

「信用していた人間に裏切られて傷ついているんだろう。可哀想に……。でもこれが真実なんだ」

「いえ……お姉様が絶対に口にしない言葉だったので、頭が台詞を認識しなくて……」

「は？」

「私がよほどのことをしてお姉様を呆れさせたり失望させたりしたら、そうなるかもしれないけれど。お姉様がそれ以外で私を嫌うなんてあり得ないわ。私を呼ぶお姉様の声色は本当に優しくて愛情に溢れているのよ。視線は穏やかで嫌悪感なんてないし、ああ大事にされているわって実感できるもの」

セレネの言葉にアレスは分かりやすく動揺している。

けれど彼女はアレスの表情の変化にすら気が付いていない様子だ。

これは自分の世界に入り込んでいる。こうなると長くなる。私は詳しいのだ。

「お姉様の歩き方、長い髪を耳にかける仕草、紅茶を飲む姿、授業中の真剣な眼差しと姿勢の良さ。全ての所作が完璧で品があって思わず見惚れてしまうほどなのよ。私のお手本なの。その上慈悲深くて心も広くて穏やかで謙虚で権力の使い方をいい方向で弁《わきま》えている賢さ。まさに淑女という名が相応しい方だわ」

一息で言い切った……。

純粋な好意というのは恥ずかしいものもあるけれど、やはり口に出して言ってもらえると気持ちが引き締まる。

そう思われているのは嬉しいし、恥じない姉でいたいからもっと頑張ろうという気持ちになれる。

「それにお姉様は何でも知っているのよ。頭がいいの」

「セレネ……。それくらいにしておいて。実の兄に対して言いにくいだろうに庇ってくれてありがとう」

「いいのよ。お姉様への無礼はお兄様だろうと許さないわ」

「セレネはそいつに騙されているんだ！　目を覚ませ！」

動揺していたアレスが息を吹き返したかと思えば、懲りもせずそれか。

いい加減に呆れてしまう。

私に抱きついているセレネもそう思っているのか抱きしめている腕に力がこもる。

そのまま私の体を反転させて背中を押してきた。

「セレネ？」

「あの人の言うことは聞くだけ無駄よ。気分を害することしか言わないのだもの。そんな言葉を聞くくらいなら寮に戻ってお姉様とお茶をしたいわ。行きましょう」

「……一理あるわね」

「セレネ!?」

背後からアレスの必死な声が聞こえるが、セレネに背中を押された私は振り返ることもできない。

そっぽを向かれてまで追いかける勇気はないのか、彼は遠ざかる私達にそれ以上関わってくることはなかった。

予期せぬアレスとの遭遇から少し経ったある日。

エリックか皇太子が苦情を言ったのか、あれ以来学院内で彼と会うことはなく平穏な日々を送っていた。


そうして本日最後の授業を終えた私は課題の資料を得るために図書館へと向かっていた。

学院の図書館というだけあって、蔵書数はかなりのもので目当ての本も見つけられるだろう。

さっさと課題を終わらせて寮に帰ろうと歩いていると、建物の陰から複数の人の話し声が聞こえてきた。

雰囲気的にあまりよくなさそうな感じがして、少し様子を見ようと私はコッソリと覗《のぞ》いてみた。

「平民がどうして貴族側の校舎にいらっしゃるのかしら？」

「案内板に書かれた通りに歩いていただけなんですけど……」

「歩いていただけでこちらに来られるわけがないでしょう？　嘘をつかないでちょうだい」

「本当なんです！」

「卑しい身分でこちらに足を踏み入れるなんて、なんて恥知らずなのかしら。しかもミランダ様にお会いしても道を空けないなんて……。これだから平民は」

怯えている平民の少女と、それを取り囲んでいるミランダと彼女の取り巻きの姿が私の目に入った。

なるほど。事情は把握した。

誤って貴族側の校舎に来てしまった平民の少女、彼女の顔には見覚えがある。

入学式のときに貴族の令息達から言い掛かりをつけられていた子だ。

あのときといい、今といいあの子は相当運がないというか……。

それにしてもミランダは、そんなちっぽけなことで彼女を責めているのか。

心に余裕を持ってこそ貴族だろうに、何をしているのか。

教師を呼ぶには距離がある。見ていない時間に彼女が何を言われるのか分かったものではない。

このまま見ないふりをするのは良心が咎《とが》めるし、貴族としてミランダの行動はどうかとも思う。

課題を終わらせる前に、こちらの問題を終わらせようと私は建物の陰から出て彼女達の前に出た。

「そこで何をなさっているのかしら？」

いきなり現れた私にミランダをはじめとする取り巻きの令嬢達は驚き、目を瞠《みは》って固まってしまった。

けれど、アリアドネだと分かると一様に皆がホッとしたような表情を浮かべている。

甘く見られたものである。

「ご覧になって分かりませんか？　平民がこちらにいるのですよ？　私達が教育して差し上げているのです」

「だからといってよってたかって責めるのは令嬢として、というか人として褒められたものではないと思うのだけれど」

「区別は大事ですから」

「嫌みや失礼な言葉で教えるのが貴族令嬢としての正しいやり方であると、そう仰るのね」

貴女方の今の姿は醜いものだ、と含ませて言うと、彼女達は唇を噛んで私を睨みつけてきた。

子供の睨みなど何の怖さもない。迫力もない。

私は彼女達を見て鼻で笑ってみせた。

「何がおかしいのですか⁉」

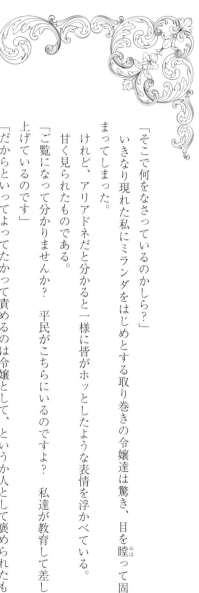

「ミランダ様に対して失礼ではありませんか！」

「失礼？　どういうことかしら？　私はフィルベルン公爵家の人間よ。皇室から一番近い血縁であり、皇太子殿下のはとこに当たるけれど、その私よりもミランダさんの身分が高いと仰るのかしら？」

私の言葉に全員が口を噤《つぐ》んだ。

皇族を除いた社交界において一番身分が高い令嬢はフィルベルン公爵家令嬢である私とセレネ。

次いで皇太子の婚約者であるサベリウス侯爵家令嬢のシルヴィア。三番目にエレディア侯爵家令嬢のミランダ。

ほぼ同等ではあるが、明確な序列は存在している。

つまり私が止めた場合、ミランダは判断を私に委ねる必要があるのだ。

なのに彼女と取り巻きは私を軽視して文句を言ってきている。

あまり権力を振りかざしたくはないが、間違っている行動を見過ごすことはできない。

勿論、彼女達の言うことも理解はできる。けれど、やり方が間違っているのだ。

「そこの貴女。案内板に記載された通りに歩いてきたらこちらに出てしまったのよね？」

「は、はい！　そうです」

「では、まずはその案内板のところに行って本当にそうなのか確認しましょう」

「え⁉　アリアドネ様、何を……」

「まさか我々に平民の校舎に行けと仰るのですか？」

「来たくなければ来なくていいわ。代わりに一緒に確認に行くから教師を連れて来てちょうだい」

取り巻きの令嬢達は顔を見合わせた後でミランダに視線を向ける。

判断をグループのトップに投げたのだ。

彼女達の視線を受けたミランダは悔しそうな表情を浮かべながら、取り巻きの令嬢の一人に教師を呼んでくるようにと言いつける。

しばらくしてボサボサ頭の男性教師がやってきて、案内板の確認に行ってもらえることになる。

ただし、私が平民側の校舎に行くのは許容できないとのことで平民の少女と教師が見に行った。

「……これで案内板が正しかった場合、あの平民の少女を庇った責任をどう取られるおつもりですか？」

主導権を私に取られて悔しいのか、ミランダは私を睨みながら吐き捨てるようにそう言った。

「責任？　これはあくまで彼女の証言が本当かどうか確認するためのものよ。誤ってこちらに来てしまったのなら案内板を置いた者が罰せられるべきだし、彼女がわざとこちらに来たのなら彼女が罰を受けるべき。そう私は思っているけれど」

「時間の無駄ですわ。平民に恩情をかける必要などありません」

「案内板の表記が間違っていた場合、これからも平民がこちらに誤って来ることになるでしょう？　要らぬトラブルになるのなら、早めに対処した方が双方にとっていいことだと思うわ」

「随分と平民の肩を持つのですね。貴族が使わなければ生きていけない人達だというのに」

「けれど、その平民の作ったものがなければ私達のドレスや生活必需品、食料は手に入らないのよ。平民をまとめる存在は必要だけれど、だからといって馬鹿にしていいわけではないわ」

「……高貴な身分の私がどうして！」

「貴女が高貴な人間でいられるのは、貴女自身の功績ではなく先の方のお蔭なだけよ。だから、私達はそういった方々に恥じないように振る舞わなければいけないの。貴族として威厳を持って、驕《おご》らずに慈愛の心を忘れずにね」

言葉が出ないのかミランダは口をパクパクと動かしている。

平民は決して私達が蔑《さげす》んで馬鹿にしていい存在などではない。

使い捨ての駒などではないのだ。

「あら、帰ってきたみたいね」

ミランダとの会話を切り上げた私は、平民の校舎の方から歩いてきた教師と少女を見て声を上げた。

帰ってきた教師は、やはり案内板の表記が間違っていた旨を私達に伝えてくれる。

すぐに新しいものに差し替えると言って立ち去っていった。

残されたミランダと取り巻きの令嬢は居心地が悪そうにしている。

教師に確認を取られた以上、その件で少女を責めることはもうできない。

「ミランダさんも令嬢の皆さんも貴族の矜持《きょうじ》をお持ちだし、この場所を守りたいという気持ちから言い方がきついものになってしまったのでしょう?」

「え、ええ……」

「二度目がないように学院側も対処してくださるそうだし、これで安心ね」

「そうね……。私にできることはもうないと思いますわ。後は先生にお任せするので、私達はこれで失礼します」

「ええ。ごきげんよう」

私はニッコリと笑ってミランダ達を送り出した。

彼女達は私に背を向けて、心なしか足早にその場を後にしたのだった。

残された私は平民の少女に視線を向ける。

「さて」

「あ、はい。私も戻ります。早急に、すぐに」

「いえ、ちょっとお待ちになって」

「あ、はい」

「貴女もしかしてそちらの校舎で嫌がらせでもされているの？　こうもトラブルに巻き込まれるなんて普通はないでしょう？」

「嫌がらせなんてとんでもない！　仲良くしてもらってますよ。ていうか、皆いい成績を残していいとこに就職したいから他の人に構っている暇がないんですよね」

「確かに内申点を下げる、または退学になるような行いはするはずがないわね」

うんうん、と少女は何度も頷いている。

結局、彼女はそういう星の下に生まれてきてしまったということなのだろう。

お互い大変である。

戸惑っている少女に視線を合わせ、私は名乗るために口を開く。

「そういえば貴女の名前を聞いていなかったわね。私の名前はアリアドネ・ルプス・フィルベルンよ。貴女のお名前は？」

「えっと……アビーです」

「そう、アビーね。覚えておくわ」

「それとアリアドネ様のお名前は存じてます……」

「まあ、有名でしょうからね。それと少し質問があるのだけれどいいかしら？」

「え？　えぇ」

何を聞かれるのか分からないアビーは首を傾げている。

折角、平民と話せるのだから聞いておきたいことがあったのだ。

「今、平民の中で西方諸島から入ってきた物は流行っているのかしら？」

「と、仰いますと？」

「帝国内でこれまで生産して使用されていたものが西方諸島から入ってきたものに置き換わっているとか、そういうことね。あと健康にいいと言われていて流行っているとか」

「あぁ、そういうことですか。……そうですね。西方諸島から入ってくるのは珍しい薬とか植物とかそういったものが多いです。同じような効果が得られて安価なので、そういうものは置き換わっていると思います。取引も多いみたいですね」

西方諸島から入ってきているもののリストはすでに手に入れてあるが、どこまで帝国内で浸透しているのかは分からなかったので聞けてよかった。

ネルヴァ子爵の取り引きを台無しにして、どう動くかを見ようと思っていたからちょうど良い。

リストの中に飲み合わせ次第で人体に影響が出る薬や植物があったから、クロードに伝えて制限をかけてもらおう。

同じ効果で安価なものはボナー男爵家が仕入れているものの中にもあるから、そちらを流行らせる方向に持っていけば自然と西方諸島のものの流通は少なくなるはずだ。

当面の行動が決まったところで、私はアビーに微笑みかけた。

「脈絡のない質問をして引き留めてしまったわね。興味深いお話を聞けてとても参考になったわ」

「いえ、私の答えが合っていたのならよかったです」

「とても助かったわ。では、私はそろそろ失礼するわね。帰り道はさっき先生と一緒に行ったから分かるかしら」

「はい。大丈夫です！　入学式のときといい、今日といいありがとうございました！」

「無用なトラブルに巻き込まれないように気を付けなさいね。それでは」

アビーに挨拶をして、私は本来の目的地である図書館へと向かった。

が、時間が経っていたのか閉館していて、私は深いため息を吐き出したのだった。

色々あり精神的な疲労が溜《た》まっていたが、ようやくそれを発散できる日がやってきた。

セシリア皇女のお見舞いの日に約束していたこと。つまりセレネと一緒に街に出かけるのだ。

ラベンダー色の洋服に着替えて着飾った私は、セレネと共に侍女のミアを連れてドレスやアクセサリーを購入しオペラの観劇を終えた。

そうしてお出かけの最後に女子生徒達が話題にしているカフェに向かう。

人気があるだけあって店は混んでおり、客の話し声やフロアで働く給仕の足音、皿に触れるナイフとフォークの音が聞こえてくる。

予約をしていたため、私達は待つこともなく個室へと案内されてメニューに目を通す。

「……パンケーキにしようかな？　でもこっちのケーキも美味しそう。お姉様はどれにするの？」

「そうね……。普段食べていないような珍しいものにしようかしら。私は、外国の果物を使ったタルトにするわ」

「タルトもいいなあ。迷っちゃう」

「だったら、ひとつだけ店内で食べて残りは持ち帰りましょうか」

「いいの？」

「毎日というわけではないのだから、今日ぐらい食べすぎても構わないわよ」

私がそう言うと、セレネは満面の笑みを浮かべた。

選べなかったからか、私の提案は彼女にとって非常に都合が良かったらしい。

ウキウキしながら彼女はモンブランを頼み、いくつか持ち帰り用で注文していた。

しばらくして注文したスイーツが届き、私達は会話もそこそこに評判のお店の味を堪能した。

「あっという間に食べちゃった……。甘すぎないから何個でも食べられそう。これは危険だわ」

「学院で話題になるのも無理はないわ。王道のものから帝国では珍しいものまであるから何度でも通ってしまうわね」

「本当にそう。今度はリサにお使いに行ってもらおうかしら」

「買いすぎてはいけないわよ？」

それとなく食べすぎないように注意すると、セレネはいたずらっ子のような顔で笑みを浮かべていた。

これはあれもこれもと注文するつもりだろう。

けれど、セレネの専属侍女であるリサが許可しないだろうから食べすぎの心配はさほどしなくても良さそうだ。

「甘いものを食べるときってどうしていつもより時間が過ぎるのが早いのかしら。魔の食べ物だわ」

「元々、量も少ないってのもあるでしょうけどね」

「物足りないくらいがちょうどいいって分かっているんだけど、つい他のものにも手を伸ばしてしまうのよね」

「それでリサに叱られるのがセレネのいつものパターンでしょう?」

「まあね」

セレネは悪びれる様子もなく言い放つ。

同行している侍女のミアにチラリと視線を向けると、彼女は会話など聞こえていないかのように静かに前を見ていた。

(顔には出さないけれど、帰ったらリサと情報共有するのでしょうね)

たかがケーキの数だけれど、この専属侍女姉妹は細かなことでも見逃さない。

主の健康のためなら鬼になるのだ。

けれど、ストッパーの存在はありがたいものである。

人に恵まれているなと紅茶を飲んでいると、セレネが声をかけてきた。

「ところで、この間平民が貴族側の校舎に入ってきてしまったのでしょう？　噂では盗みに入ったとか言われていたけど、迷っていたんじゃないの？」

「平民側の校舎にある案内板の表記が間違っていたのよ。私が現場にいたから確認しているし間違いないわ」

「やっぱりそうよね。学院に入れれば将来安泰だもの。退学になるようなことをするとは思えなかったの」

「私もそう思うわ。けれど、貴族側ではそのような噂になっているのね。面白い噂に飛びつくのは分かるけれど、あまりに短絡的だわ」

知り合いになった平民のアビーが悪い注目を浴びてしまうではないか。

そもそもが学院側のミスなのに……と思ったが、もしかしたら保身のためにミランダが噂を流したのかもしれない。

ミランダでなくとも彼女の取り巻きが流していたとしても不思議ではない。

あのときのことを知っているのは私と彼女達とアビー、そして学院関係者のみ。

嘘の話を流したら、バレたときに白い目で見られるのは自分達なのだが……。

「それにしても、お姉様が現場にいたなんて。だから、噂だけでそこまで大きな騒ぎにならなかったのね」

「元はミランダさんとご友人方が、入り込んでしまった平民の方を囲んでいたのを見かけたからなのだけれどね」

「……そこで相手を責めていたからお姉様が出ていったんでしょ？」

「そうね」

「確かに貴族側の校舎に平民が立ち入るのは違反だし、気持ちは分かるけれど言い方ってものがあるじゃない」

セレネの言う通りだ。

貴族だから偉いから何を言ってもしても良いわけではない。

線引きは大事だが、反発心を植え付ければいずれ自分の首を絞める結果になる。

「でも、その平民もミランダさんに見つかるなんて災難だったわね。お姉様が近くにいてよかったわ」

「そうね。事実がどうあれ、貴族がこうだと言ったら白でも黒になってしまうもの」

「特にミランダさんや私達は四大名家の人間だし、発言には大きな責任を伴うから。きちんと真実を見る目を養わないといけないわよね」

セレネの発言に私は大きく頷いた。

学院にいる他の貴族令嬢や令息を見て、彼女なりに答えを導き出したのだろう。

公爵令嬢としての心構えが以前よりもしっかりとしたものになっている。

「噂の方は余計なことを耳に入れようと近づいてくる人達が多いから私の方で事実を言っ

ておくわ。事実と異なることで、お姉様が助けた平民が不利益を被らないようにね」

「頼もしいわね」

「その件は私に任せて！　だから、お姉様は今度学院で開催される新入生歓迎パーティーのパートナーに集中してね」

「パートナー？　……ああ、そういえば歓迎パーティーがある時期だったわね」

「え？　テオドール様ったらまだお姉様を誘ってなかったの？」

よほど驚いたのかセレネは目を見開いている。

そうか、テオドールは私を誘うつもりだったのか。

知ってはいけないことを聞いてしまった。

テオドールをフォローしようと私は口を開く。

「テオ様もお忙しいから、声をかける時間がなかったのでしょうね」

「弱気になっただけだと思うけどね。……まあ、いいわ。それで？　誘われたらパートナーとして一緒に参加する？」

「ええ。気心の知れたテオ様からのお誘いを断るわけがないでしょう」

「本当に!?　あっ！　もしかして、お姉様もテオドール様との婚約を意識しているからとか？」

「エリックお兄様に婚約を打診されれば断る理由はないわ。テオ様は誠実な方だし、両家のためになるなら私の意思は関係なく受けるべきだもの」

一瞬喜んだセレネの顔が曇っていく。

期待に添えなくて申し訳なく思うが、貴族の結婚というのはそういうものだろう。

勿論、互いに愛し合って結婚となるのが一番良いだろうが私には相手を好きになる、というか恋愛感情というものがよく分からない。

テオドールに関しては私を好いてくれて嬉しいという気持ちもあるし、彼に対して嫌悪感もない。むしろ可愛らしいと思っている。

温厚で優しいし、いざというときに自分が前に出る勇気がある人だとも知っている。

結婚相手としたら最高の人だと思うし、私にはもったいない相手だ。

だから、打診されれば断る理由はない。

「セレネにとっては物足りないかもしれないわね。けれど、テオ様のことが嫌いというわけではないのよ。感情表現が豊かで思ったことが顔に出るところは可愛らしいと思っているもの」

「……まずは弟ポジションからの脱却が先ということね」

「確かに、男性に対して可愛らしいという表現は正しくないわよね。弟として見ているのかしら？」

「ううん！　テオドール様は年下だしお姉様がそう思うのも無理はないわ。成人する頃に

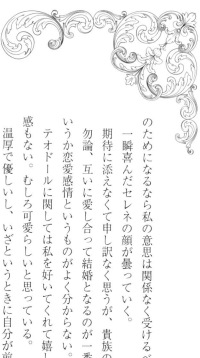

は顔つきも体格も大人になるだろうし、そのときの印象の方が大事だから私が今言ったことは忘れて！」

「……分かったわ」

セレネはもの凄い早口で息継ぎもせず言ってのけた。

まあ、自分の感情がこの先どう動くかなんて分からない。

（ただ、義父がクロードになるっていうのが……ちょっと）

嫌というわけではないが、普通にやりにくい。

私がモヤモヤしているだけでクロードはなんとも思っていないだろうけれども。

……いや、それよりも歓迎パーティーのことだ。

ドレスなどはミアがすでに手配してくれているだろうから心配はしていない。

パートナーに関してもセレネの話が本当なら近々話があるだろうから問題もない。

問題があるとしたら、アレスやミランダあたりが何か言ってくる可能性があるくらい。

それぐらいか。

ああ、あとは。

「私のことはいいとして、セレネはどうするの？　パートナーはいるの？」

「皇太子殿下が声をかけてくださったからご一緒する予定よ」

「あら、そうなの。私がテオ様とパートナーになるだろうから気を遣ってくださったのかしら」

「うん。じゃないとアレスお兄様がうるさいだろうからって。皇太子殿下に気を遣わせるなんてとんでもないけれど、これ以上アレスお兄様の神経を逆なでして被害がお姉様に行っても困るから」

「では、今回はお言葉に甘えましょう。今後はそういったパーティーも多くなるだろうから、そこも考えないといけないわね」

私の言葉にセレネは神妙な顔をして頷いた。

さて、名残惜しいがそろそろセレネとのお出かけは終わりである。

彼女と別れてやることがあるのだ。

私はセレネとミアに先に戻ってほしいと伝え、護衛を連れてエドガーのいる情報ギルドの宿屋へと向かった。


護衛と共に情報ギルドの本拠地である宿屋に行き、応接室でエドガーと対面する。

「急に来るなんて珍しいね。もしや、俺の遣わせた護衛のそいつがヘマでもやらかした？」

「まさか。申し分ない働きをしてくれているわ」

彼がいなければこうして本拠地まで簡単に来られないのだから助かっているというのに。

それだけ連絡なしに来るのが珍しいということか。

急いでいたけれど、知らせを送るべきだったかもしれない。

「次からは連絡をするわ。それと、今日ここに来たのは仕事を頼みたいからなの」

「追加で何か頼みたかったってこと？」

「ええ、そうよ。……簡単に言うと、私の作った薬を薬屋に卸してほしいのよ」

「薬屋に？　まあ、それぐらいなら簡単にできるけどさ。目的はそれじゃないんでしょ？」

ニヤニヤと笑いながらエドガーは私を見つめている。

察しが良くて助かる。

「ちょっと流通の邪魔をしたいものがあってね。安価な代替品があることを知らせたいの」

「ああ、西方諸島のやつね。巷《ちまた》で飲み合わせが悪いからってんで徐々に買う奴らは減ってるけど、追い打ちをかけるんだ」

ということはクロードが流した話は広まっているのだな。

こちらにとって有利な状態になっているのは良いことだ。

けれど、私がやりたいのはそこではない。

「とは少し違うわ。追い打ちをかけるのは合っているけれど、飲み合わせの悪いものを排除するためではないわ」

その後に相手が売り出そうと考えるだろうものの代替品を流通させたいのだ。

西方諸島から入ってきているリストを見て、この組み合わせにするだろうなと予想して先回りしたい。

なんとかして西方諸島から入ってくる量を減らしたいのだ。

（おそらく、大量の荷物に紛れ込ませてマカレアとかナルキスを入れているだろうし）

保管している倉庫が見つかれば燃やして在庫を消してしまえば済む。

新たに国内に入ってこられないように狭めたいのだ。

「ふぅん。ま、俺には関係ないしいいや。で、俺は薬屋に卸すだけでいいの？」

「似たような症状が出た人に勧めるのはしてほしいわね。利益は考えていないから底値をつけてもらっても構わないわ」

「タダじゃだめなのか？」

「無料の薬なんて怪しすぎて飲んでもらえないわ。ある程度の金額じゃないと信用されないもの」

「……なるほどね。了解」

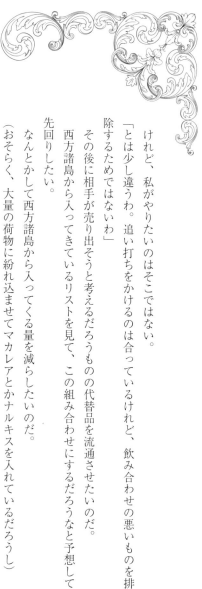

あまり興味がないのか私を信頼してくれているのか分からないが、エドガーはそれ以上深く聞いてくることはない。

取引相手としては楽ではある。

「それと、私の名前は出さないでちょうだい」

「だったら誰の名前で？」

「そうね……。スペス男爵の名前で卸してくれるかしら」

「スペス男爵って二十年以上前によく名前は出てたけど、名前だけで領地も持たない正体不明の貴族じゃなかったっけ？」

「よく知っているわね。まあ、いるかどうかも分からない貴族なのだから名前を借りたって大丈夫よ」

「バレる心配はないからその点では安全なのかな……」

バレるも何も本人が目の前にいるのだから何の問題もない。

なんせ、スペス男爵という名前は私が生前使っていた偽名なのだから。

裏から手を回すときに使っていただけの名前だし、貴族派の誰かが使っているのだろうなと思われて詮索もされなかった。

今回の件にヘリング侯爵が関与しているのならスペス男爵が誰か確かめるために何らかの動きを見せるはず。

とはいっても私にたどり着くことはないだろうから、上手くいけばヘリング侯爵本人をおびき出せるかもしれない。

フッと笑った私はエドガーに視線を向けて口を開く。

「で、卸先は貧民街に近いリンデルの薬屋にしてちょうだい」

「確かにあそこなら貧民も平民も買いに来るしね。そこまで誰が作ったかを気にしないからちょうどいい」

「その通りよ。それと物はこれ」

私は手持ちの袋から小瓶に入った液体を十本ほどテーブルの上に置いた。

エドガーはその内のひとつを手に取るとマジマジと小瓶を眺めている。

「それは腹下しと腹痛、吐き気に効く薬よ。一日二回、朝と夕に飲むの。一瓶で一日分。簡単だから後で作り方を書いた紙を渡すわ」

「独占すれば結構な売り上げになると思うけど、いいのかな?」

「別に利益のために売るわけではないもの。ただ売り上げがいいからといって値段を上げないこと。これだけは守ってちょうだい」

「りょーかい。そこはちゃんと俺が見張っておく」

「頼むわね」

とりあえずは先手を打ったので大丈夫だろう。

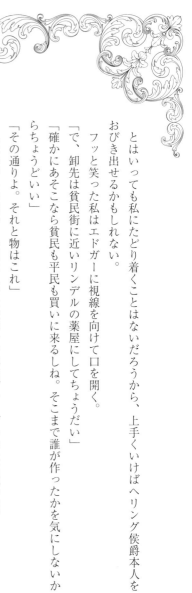

これが上手くいけばネルヴァ子爵に大打撃となるし、力を持たない子爵は身動きもできないはず。

次の手が打てないとなればスビア伯爵に連絡を取るか、ヘリング侯爵からの指示が来る。

見張っておいて動きがあれば、また先手を打って足を止めれば時間を稼ぐことはできるだろう。

(問題はヘリング侯爵が一人で動いているか、それとも協力者がいるか分からないというところよね)

単純に考えれば西方諸島の人間と手を組んだと考えられるが、あちらと帝国の仲は普通。

何か過去に恨みを買うようなことは起こっていない。

西方諸島が帝国に手を出して得することは何もないのだ。

……巻き込まれただけのような気もするが、今の時点で断定はできない。

どちらかと言えば旧ラギエ王国の方に恨まれていることだろう。

昔、内乱のとき同盟関係だったのに援軍も出さずに無視していたから相当恨みを買っていると思う。

もっともその判断をしたのは今は亡き先帝なのだけれど、当事者にしてみれば帝国に恨みが晴らせるならどうでもいいことだろうし。

ナルキスの抽出液を使うくらいだから、旧ラギエ王国の関係者が仲間にいるのかもしれない。

そちらも調べてもらおう。

（ああ、そういえば頼んでいたことがもうひとつあったわね）

ふとエドガーにあることを頼んでいたのを思い出した。

すぐに調べられることだから、もうすでに調査は終えているはずだと思い、口を開く。

「……そういえば、廃屋の件はもう調査を終えているかしら？」

私が尋ねるとエドガーはニッコリと笑った。

「場所が分かりにくかったから見つけるまで少し時間はかかったけど、見つけてる。それに監視するだけだからとっくに調べているさ」

「そう。ご苦労さま。それで結果は？」

「スビア伯爵の私兵が付近を厳重に警備していたね。なんであんな町外れの森の中にある廃屋を守っているのか知らないけどさ」

顎に手を当てた私は「やっぱりね」と呟いた。

これでスビア伯爵も今回の件に関与していることが確実となった。

「一応その廃屋の監視は続けてくれるかしら？　何か変わったことがあったら伝えてちょうだい」

「任せて」

「それと旧ラギエ王国から逃亡した王侯貴族を全て調べてもらえるかしら？」

「旧ラギエ王国の？　まあ、それぐらい簡単にできるけどなんでまた」

「……今回の件に関係者が関与しているかもしれないから、念のためよ」

「用心深いねぇ。でもいいよ。その分、報酬は弾んでくれるんだろう？」

私に向かってウインクをするエドガーに面食らったが、仕事はできる男なのでちゃんとやってくれるだろう。

「抜け目がないわね。もちろん、相応の報酬は支払うわ。これは今までの分と追加依頼の分よ」

苦笑した私は彼に労《いたわ》りの言葉とお金を渡して別れを告げ、情報ギルドから帰宅した。


エドガーへの依頼を終えた私が学院の寮に戻ってくると、玄関ホールでウロウロしているテオドールの姿が目に入った。

彼は私の姿を見つけると満面の笑みを浮かべて近づいてくる。

「今日は会えないかと思っていたからよかった……」

「何か急な用事だったのですか？」

別に明日でも教室で会えるというのに、なぜそんなに安堵《あんど》しているのか……。

と、思ったがそういえば新入生歓迎パーティーのパートナーの件を思い出した。

「うん。もの凄く急ぎの用なんだ」

妙に真剣なテオドールの表情に、生半可な気持ちで話を聞いては駄目だと私の背筋が伸びる。

「今日は妹君と出かけていたでしょう？　それで帰ってきた妹君から僕に……アリアが他の令息から新入生歓迎パーティーのパートナーの申し込みを受けたって聞いて居ても立ってもいられなくて」

「はい!?　ええと……セレネがテオ様にそう伝えたのですか？」

「うん。もの凄い笑顔で伝えてきたよ」

セレネ～！

テオドールに発破をかけるためとはいえ、ありもしない嘘をつくなんて。

しかもそれを信じて疑わず、すぐに私に会いに来た彼の純粋さ。

人が良すぎて悪い人に騙されやしないかと心配になる。

とにかく、まずは彼の不安を取り除くのが先だ。

「テオ様。私はどなたからも新入生歓迎パーティーのパートナーの申し込みなどされておりません。私達を心配したセレネが大袈裟に話したのでしょう」

「え!? 本当に？ 本当に誰からも申し込まれてないの？」

「はい。本当です。ですので安心してください」

「よかった……」

ぽつりと呟いてテオドールはその場にしゃがみ込んだ。

ついでに「あいつ……」と憎しみのこもった声が聞こえてきたような気がするが、言われても仕方がないので聞こえないふりをしておく。

ひとまず誤解が解けてよかったと思おう。

私もしゃがんで視線を合わせると、正気に戻ったのか彼は顔を赤くして視線を逸らした。

その姿が年相応の男の子らしくて微笑ましくなる。

「そういうことですので、私にはまだパートナーがいません。このままだと一人で参加することになってしまうのですが……」

「待って！ ストップ！ 言わないで！」

慌てたテオドールが私の口に自分の手を被せてくる。

異性からこのように触れられたことのない私は驚いて少しばかり思考が停止してしまう。

けれど、それはテオドールもだったようで唇に触れた感触がしたのだろう、彼はすぐに手を離して立ち上がり、パニックになっていた。

その姿を見て私は冷静さを取り戻せた。

「落ち着いてくださいませ」

「アリアは落ち着きすぎだよ！　もうちょっと取り乱してもいいじゃないか！」

　一応驚きはしたのだが、端から見るとそうは見えないらしい。

　普通の令嬢の反応というのは意外と難しいものである。

　などと考えながら私も立ち上がり、落ち着きを取り戻そうと深呼吸をしているテオドールを見つめていた。

　少しして冷静になれたのか、彼は真っ直ぐな眼差しで私を見つめてくる。

「あの……遅くなっちゃったけど、新入生歓迎パーティーで僕のパートナーになってくれませんか？」

「はい。こちらからもお願い致します」

「準備が間に合わないってことならリーンフェルト侯爵家が全部用意するし、絶対にアリアに恥はかかせないと約束するよ」

「テオ様？」

「馬鹿が余計なことを言ってアリアを傷つけないように僕が守るから、僕のパートナーになって？」

　首を傾げながら上目遣いで私を見つめるテオドール。

　彼は自分の顔が与える影響力を嫌というほどよく理解している。

私もあざといと分かっているのに本能的に頷いてしまった。

いや、そもそも最初に承諾していたのだけれど……。

「頷いたってことはOKってことだよね？」

「え、ええ……。むしろパートナーになってくださるなんてありがたいと思っておりますもの」

「本当に!?　よかったぁ」

テオドールは満面の笑みを浮かべている。

彼の顔を見ていると四大名家の跡継ぎがこんなに感情表現がダダ漏れで良いのだろうかという気持ちになる。

まぁ、周りと交流することで腹芸も勉強するだろうし、クロードの姿を見て育っているのだから公私を切り替えることもできるだろう。

「テオ様に誘っていただかなければ、私は一人で参加することになっていたでしょうから感謝します。ありがとうございます」

「ううん！　こっちこそパートナーになってくれてありがとう。アリアは最近忙しそうだったから、なかなか声かけられなくて……」

「そうですね……。確かに色々と出かけたりしていましたものね」

「義父上も忙しそうにしているし、見える範囲の動きとか見てたら帝国で大きな事件が起こっているんだろうなって感じてるから……。セシリア皇女殿下がフィルベルン公爵家で静養するって聞いたから、皇家が狙われているのかな？　アリアもあんまり無理しないでね？」

労るように心配そうな視線を向けてきたテオドールに私は固まった。

私のように前世の記憶があるわけでも使える情報ギルドがあるわけでもないのに、少ない情報でよく分かったものである。

一年早く学院に入学するだけあって優秀さが垣間見えた。

順調に成長すれば……ずる賢さを覚えたらきっとテオドールは化ける。

そう思った。

「……セシリア皇女殿下が我が家で静養なさることはもう発表されたのですね」

「ううん。この間、屋敷に寄ったときに義父上が皇帝陛下の使者と話しているのが聞こえてきて、それで。発表は今週末くらいにするみたい」

「そうでしたのね……」

クロードめ、迂闊《うかつ》すぎるだろう。

……いや、もしかしたら情報を流してヘリング侯爵の一味を揺さぶろうとしていたのかもしれない。

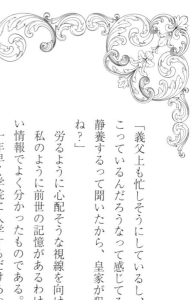

そうすればヘリング侯爵自身が出てこざるを得なくなるから。

抜けているところはあるが、致命的なミスをするような弟ではないから後者の方が合っているかもしれない。

一度、足並みを揃えるためにも話をしておこう。

「アリアがセシリア皇女殿下のお見舞いに行ったって聞いていたし、アリアは毒とか薬とかに詳しいから義父上から意見を求められたのかなって。義父上はアリアのことをすごく信頼しているからね」

「ですが、リーンフェルト侯爵はテオ様のことも」

「あ、大丈夫だよ」

私だけを優先しているわけではなく、テオドールのことも大事に思っていると言いたかったが、テオドールに遮られて私は口を噤んだ。

私の心配をよそになぜか晴れ晴れとしている彼は話を続ける。

「僕は義父上とアリアが仲良くしているのを見るのが好きなんだ。だって、義父上が楽しそうだしアリアも肩の力を抜いているように見えるから。お互いに信頼し合っているってのが見て分かるし、不思議なんだけどまるで兄妹みたいな雰囲気だから」

「え!?」

「だから嫌だとは思わないんだよね。そもそも僕は義父上から大事にされているって分かってるから嫉妬なんてしないよ。そりゃ、僕より義父上の方がアリアと接する時間が多くない？　とか思うことはあるけど」

「それは」

「うん。それは何か問題があって、その問題に対して義父上がアリアと話しているんでしょう？　僕が悔しいのはそこ。そこだけ。対等に話している二人が羨ましいって思う。だから僕も僕なりに努力してそこに追いつきたいんだ」

しっかりと私の目を見て真面目な表情で語っている。

私やクロードを取られて悔しいのだろうかと思い込んでいた自分が恥ずかしい。

テオドールは私の想像よりもずっと先にいる。私が思っているよりもはるかに彼は感情に流されず理性的な考え方のできる大人だ。

もう弟みたいだとは言えないな、と私は感じた。

「それで知った情報から答えを出したわけですね。お見事です」

「ありがとう。アリアに褒められると嬉しいな」

はにかんだように笑う顔はまだ幼さを残している。

けれど精神年齢はあのアレスよりもよっぽど高い。比べるのも申し訳ないくらいに。

「って、そうじゃない！　僕よりもアリアの方だよ。誘拐されたときみたく無茶しちゃだめだよ？　アリアってば自分でできちゃうからって強引に進めようとするところがあるから心配なんだ」

「……肝に銘じておきます」

「それ絶対に銘じないよね？　確かにアリアは何でもできるし、知識もあるけれど十四歳なんだからね。大変なことは全部義父上に押しつければいいんだからね？」

「今でも十分にお願いしておりますので大丈夫ですよ」

クロードは義息子から面倒を押しつけていい相手と言われているなんて思ってもいないだろう。

そこまで砕けた関係になっていてよかった。あの頃のテオドールからは想像できない言葉だ。

というより、面倒なことは結構クロードに押しつけているのだが。

そもそも私はアリアドネを危険な目に遭わせるつもりは毛頭ないのだ。

けれど、そのことを知らないテオドールは私の言葉を信じきれないのか、ふと視線を落とした。

「……アリアは想像できないかもしれないけど、人って本当に簡単に死ぬんだよ？　昨日まで元気だったのにいきなり二度と会えなくなることだってあるんだから」

その言葉に私はテオドールの不安が全て理解できた。

……そうだった。彼は幼少期に両親を亡くしている。

別れの悲しみと辛さを知っているからこそ、不安なのだ。

大人になった、ではなく大人にならざるを得なかったのかもしれない。

私は少しでも不安が減るようにとの思いで、震える彼の手を両手で包んだ。

「私は危険なことは致しませんし、絶対に死にません。敵が私を襲撃するのであれば、その情報を事前に手に入れてリーンフェルト侯爵を囮《おとり》に使いますから安心してください」

「逆に安心できないよ！　その前の時点で捕まえて!?」

「大丈夫です。リーンフェルト侯爵はああ見えて強いですから。侯爵家の私兵も強いですし暗殺者くらいなら普通に倒せますよ」

絶対に普通の暗殺者ならあしらえる。

ごろつきや暗殺者のいるところに不意打ちで誘導されても打ちのめしていた過去があるのだから。

顔の割に強いのだ、あの弟は。

だが、テオドールは昔のクロードを知らないせいか半信半疑だ。

「大丈夫です。リーンフェルト侯爵の悪運の強さは私が保証します」

「なんだろう、妙な説得力が……」

「とはいえ、私を標的にされないように皇帝陛下もリーンフェルト侯爵も上手く立ち回ってくださると思いますので、襲撃されるようなことは学院にいる限る起こりませんよ」

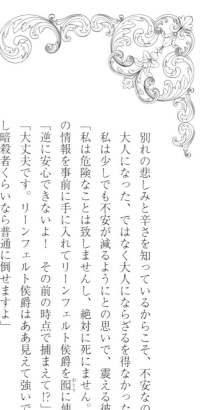

「本当に？」

「ええ。私はあくまでもアドバイスを求められて協力しているだけにすぎませんもの。実際に動いているのは大人達ですから安心してください」

私の言葉に納得してくれたのか、テオドールはようやく肩の力を抜いた。

裏でもの凄く手を回してはいるけれど。

私の手を外して、自分の両手で逆に私の手を包み込んでくる。

「分かった。アリアを信じるよ。それと僕にできることがあったら言ってね？　何でも協力するから」

「あら、本当ですか？　では、学院内で怪しい動きをしている方がいれば教えていただきたいのですがよろしいでしょうか？」

「そんなことでいいの？」

「ええ。通常の行動と違った点があるなど、やけに人目を気にするとかそういった人がいれば教えていただきたいのです。ですが、踏み込んで追いかける必要はありません」

「分かった。そういうの得意だから注意深く見てみるね」

「ええ。お願いします。……テオ様も深追いはなさらないように」

「立場が逆転しちゃったね」

などと言ってくるものだから、二人で笑い合ってしまった。

綺麗に結われた髪、派手すぎず私を引き立たせている化粧、少し濃い空色のドレス。

ミアの用意してくれたものは全て今の私を引き立たせてくれるものだった。

さすが腕の良い侍女である。

「とてもいいわ。ドレスも私好みだしアクセサリーにも合っているわね」

「アリアドネ様をより輝かせるために吟味致しましたので、お気に召していただけて何よりです」

「助かるわ。ありがとう」

支度してくれたミアに礼を言うと、部屋にノックの音が響いた。

応対した彼女はテオドールが迎えに来たことを私に告げる。

玄関ホールへと向かった私はソワソワしている様子を見せているテオドールの前に出る。

「お待たせ致しました」

「ううん。全然待ってないよ」

私の顔を見てテオドールはパッと表情を明るくさせる。

やはり感情がすぐに顔に出る人だ。

そんな彼は私を見つめて更に目を細めている。

「誕生日に送ったイヤリングをしてくれたんだね。とっても似合ってる」

「ありがとうございます。今日のテオ様の装いも素敵ですよ。髪も上げていらして大人っぽい雰囲気ですね」

「本当？　嬉しいなあ」

テオドールは頬を赤らめて照れている。

なんだろう、もの凄く頭を撫でくり回したい衝動に駆られる。

こうも感情表現が豊かな男の人は見たことがない。

世間を知って純真さを失わないでほしいと願うばかりだ。

「それと、素敵なイヤリングありがとうございます。どのドレスにも合うのでお気に入りになりそうです」

「本当に？　アリアに合うと思って選んだから気に入ってもらえてよかった」

ニコニコと笑っているテオドールだったが、壁の時計に目をやると「あ……」と声を出した。

「……本当はもっとここで話していたいけど、そろそろ行かないとね」

「そうですね。参りましょうか」

二人で寮の外に待機させてあった馬車に乗り、会場へと向かう。

新入生歓迎パーティーが行われるのは学院の敷地内だが、外れの方に位置する迎賓館だ。

少し距離があるので馬車で向かう必要がある。

そもそも学院の敷地がもの凄く広いのもあるけれど。

などと考えている間に馬車は迎賓館へと到着する。

私達は最後の方に来たようで建物の外に人はそれほどいなかった。

馬車から降りた私はテオドールの腕に手を回して、彼を見上げる。

すると照れたようにはにかんだ彼と目が合った瞬間、私の心の奥がきゅうっと締め付けられるような感覚を抱いた。

これはなんなのだろうかと疑問に思ったが、扉の前に立つ使用人が扉を開けたためすぐに意識を切り替える。

「……学院内だというのに相変わらず豪華だこと」

扉が開いて会場内の景色が目に飛び込んできて、思わずそう呟いてしまった。

すぐにテオドールの存在を思い出して口を噤む。

小声だったからか彼には聞こえていなかったようで、特に疑問をぶつけられることはなかった。

……それにしても、生前のときよりも更にパワーアップしていないか？

考えてみれば皇太子もいるし四大名家の子息令嬢がいる代だから余計に気合を入れたの

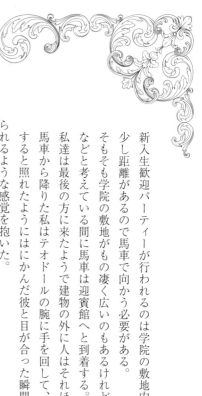

かもしれない。

何にせよ、退屈せずに済みそうだ。

「まずは皇太子殿下の元に参りましょうか」

「うん、そうだね」

どうやらテオドールは会場の雰囲気に圧倒されて緊張しているようだ。

彼もあまり貴族の集まりに参加していたわけではないから、勝手が分からないのかもしれない。

出しゃばらないように気を付けながら、流れを分かっている私がそれとなくリードするべきだろう。

「皇太子殿下は……ああ、あちらにいらっしゃいますね」

皇太子を見つけるのは簡単だ。

人だかりができているところに行けばいいだけなのだから。

そちらの方にテオドールと二人で歩いていくと、生徒達に順番に挨拶をされている皇太子とセレネがいた。

セレネは彼女の雰囲気に合うピンク色のドレスを着ており、髪も軽く結われていつも以上に可憐《かれん》さが際立っている。

皇太子の隣に並んでいても遜色がない。

さすが私の妹だ。

「おや、アリアドネ、それにテオドールも来たのか。姿が見えないからどうしたのかと思っていたよ」

「少し到着が遅れてしまいまして……。ご挨拶が遅くなって申し訳ございません」

「いや、トラブルに巻き込まれたわけでないのなら大丈夫だ。これだけの人が集まる場は初めてだろう？　楽しんでくれ」

「ありがとうございます。このような場は不慣れなもので圧倒されておりますが、彼女と二人で楽しい思い出を作りたいと思います」

先ほどの緊張など一切感じさせないテオドールに四大名家の子息としての教養と余裕を感じさせる。

私が気を回す必要などなかったなと思う。

彼はいつだって期待に応えようとする男なのだから。

「二人で、か。フィルベルン公爵家とリーンフェルト侯爵家との結びつきが強くなるのは喜ばしいことだ。親しくしているようで私としても嬉しいよ」

「皇太子殿下からのお言葉、ありがたく思います」

テオドールと皇太子の会話を聞いていた周囲の子息令嬢達がざわめき出す。

セレネは周りに見えないようにテオドールに対してウインクしながら親指を立てていた。

……後で注意しなければ。

テオドールもテオドールだ。周囲に人がいる状態で言うのは効果があるのは身に染みて分かっているが、まさかやられる側になるとは思ってもいなかった。

注目の的になることは生前から慣れてはいたものの、こうしたことはなかったから初めての体験である。

けれど、不思議なことに嫌だとは微塵《みじん》も思っていない。

本当に不思議だ。

「では、失礼致します」

考え込んでいる間にテオドールと皇太子の会話は終わったようで、私はテオドールに連れられてその場を後にする。

「勝手なことを言ってごめんね。嫌だった?」

「勝手なこと?」

「うん。その……二人でって言ったこと、とか」

皇太子の前では自信に溢れていたというのに、二人になった途端にいつものテオドールに戻っている。

そのギャップに思わず笑みが零《こぼ》れた。

「気にしておりません。それに嫌でもありません。今日は私がテオ様のパートナーなのですから」

「今日は、のところが気になるけれど追及するのはやめておくよ」

落ち込みたくないし、とボソリと呟く声が聞こえたが、それに突っ込みを入れるのも野暮である。

そうこうしている内に会場内に音楽が流れ始めた。

「ちょうどいいタイミングだね。……アリア、僕と踊ってくれる？」

「ええ。私で良ければ是非」

差し出されたテオドールの手を取り、私達は開けた場所へと移動する。

皇太子とセレネの姿もあって、周りは私達二組の一挙手一投足に注目している。

微笑ましい目でセレネを見る周囲の目とは対照的に、私には少々不躾《ぶしつけ》な視線が送られてくる。

「あの人達、まだアリアが妹君から僕を取ったとかって思っているのかな？　馬鹿らしいよね」

「セレネがテオ様と仲良くしたいと行動していたときのことを覚えていらっしゃるからでしょうね」

「二年近く前のことだよ？　今の妹君を見ればそれは違うって分かると思うんだけどね」

言いながらテオドールは私に不躾な視線を送る子息令嬢達を睨みつける。

普段は物腰柔らかで穏やかな彼から放たれる怒りに子息令嬢達は一斉に視線を外した。

パートナーに誘ったときに言った私を守るという言葉を実行してくれたのだ。

自分でなんとでもできるのだが、こうして目に見えて守ってくれるというのはなんとも心強く安心するものである。

「もうよそは見なくていいからね。折角のパーティーだもん。楽しい思い出でいっぱいにしよう」

「それは私だけではなくテオ様もです。お互いに楽しい思い出にしましょう」

「うん」

見つめ合いながら微笑み合う。

音楽に合わせてダンスが始まるが、テオドールのリードは非常にやりやすい。

強引さがなくて私に合わせてくれている。

無論、私もダンスの経験はあるのだが、肩の力を抜いて踊れる相手は彼が初めてかもしれない。

それに、ここまで密着しながら相手の顔を間近で見たがテオドールは随分と背が高くなったと思う。

体つきもしっかりしてきたし、もう子供だなんて言えない。

私を見て優しげに微笑むテオドールの顔を見ていると安心すると同時にどこか落ち着か

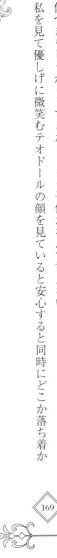

ない気持ちになる。

　なぜか彼から視線を外せない。

「アリアは人前で踊るのは初めてでしょう？　すごく上手いね。リードがやりやすいよ」

「あら、テオ様もですか？　私もです。テオ様が合わせてくれているのですよね？　ありがとうございます」

「合わせるなんて大層なことしていないよ。僕だって慣れているわけじゃないし、緊張しているんだから」

「緊張しているようには見えませんよ。とてもお上手で安心します」

「本当に？」

　途端にテオドールの表情が緩む。

　こういうときに感情が顔に出る彼が私は好きだ。

「ずっとアリアと踊りたいって思っていたから、すごく練習したんだよ。だから上手で踊りやすいって思ってくれてよかった」

「ありがとうございます。私もテオ様と踊れて楽しいし嬉しいです」

「僕と同じことを思ってくれてるなんて……。幸せだなぁ」

　私の言葉でテオドールが幸せを感じてくれたことに胸が温かくなる。

　生前から含めてこういう感情になったことがないから、これが何なのか分からない。

けれど不思議と嫌な気持ちにはならなかった。

「……もうじき曲が終わるね。もっと踊りたいのに残念」

「これからも機会はあります。また私と踊ってくださいね」

「うん。もちろん」

お互いに微笑み合い、ダンスを終えた私達は中心から離れたスペースに移動した。

「少し休憩しようか」

「そうですね」

二人で会話をしながら会場内をゆっくり見渡し、私は子息令嬢達の顔を確認していく。

頭の中の知識と照らし合わせて、どの家とどの家が繋がりがあるのかや、親交があるのかなどを叩き込む。

そうした中で、見たことのある中年女性が令嬢達と談笑している姿が目に入った。

会場には給仕の他に大人はいないのに、どうして彼女が参加しているのだろうか。

生徒達との相談役ということだからその関係なのかもと思い、気になった私はテオドールに声をかける。

「あちらの方はオドラン子爵夫人、ですよね？　どのような性格の方かご存じですか？」

「あちら？　ああ……性格は僕も詳しく知らないけれど、落ち着いた温厚な人みたい。人柄や名声から社交界で一目置かれているんだって。あと、夫婦共に慈善活動に熱心で有名だね。平民からの支持も厚いって噂だよ」

有名なくらい慈善活動に熱心になる貴族は帝国では珍しい。

大抵の家は義務の範囲内でやるだけだというのに。

それに……彼女の顔は生前の頃から見覚えがない。年齢的にどこかの貴族の令嬢であれば私が知らないはずはない。

平民だったのか、それとも他国の人間だったのか。

「……嫁ぎ先でも熱心に活動されているなんて、きっとご実家でも慈善活動をされていたのかもしれませんね」

「アリアは知らないいんだっけ？　子爵夫人は他国の令嬢だったんだよ。確か、西方諸島出身だったはず」

ここでも西方諸島が出てくるとは……。

帝国とは海を隔てて結構な距離があるはずだし、帝国の貴族が他国の人間と結婚するなんて珍しい。

生前の母方の祖母くらいしか記憶にない。

「帝国内の貴族が国交がそれほど盛んではない国の方と結婚なさるのは珍しいですね。オドラン子爵との間にきっと素敵な馴《な》れ初め話があったのでしょうね」

「そうなんだよ。彼女は二十年くらい前にオドラン子爵領の豪雨災害に巻き込まれて怪我していたところを保護されたんだって。オドラン子爵が屋敷でお世話していて、その内に恋仲になって結婚したみたい。素敵だよね。でもそのときのせいで記憶をなくしてたみたいで……」

「まあ、記憶喪失だったのですか？　保護されたのがオドラン子爵で幸いでしたね。けれどどうして西方諸島出身だと分かったのでしょうか？　記憶が戻ったとか？」

「記憶は今も戻ってないみたいだよ。西方諸島出身だって分かったのは、当時夫人が着ていた服が西方諸島のもので、上等なものだったから上流階級の令嬢なんじゃないかって言われてたみたいだね。それでじゃないかな？」

「そういうご事情がお有りでしたのね」

怪しんでいる西方諸島の出身とあって、ジッとオドラン夫人を凝視してしまう。

令嬢達と談笑している彼女はそんな私の視線に気付いて顔をこちらに向けた。

彼女はすぐに令嬢達に声をかけると、こちらの方に歩いてきた。

目の前で立ち止まった彼女に向かって私は微笑みを浮かべる。

「オドラン子爵夫人ですね。アリアドネ・ルプス・フィルベルンと申します」

「お初にお目にかかります。オドラン子爵の妻でエレノア・オドランと申します。学院長からの依頼で生徒達が学院に馴染めるように手助けをしております」

「存じております。学院長にお願いされるなんて、オドラン子爵夫人は信頼されてますのね」

「他国出身の私に声をかけていただけるのは光栄としか言いようがありません」

直々に声をかけられたのだからもっと傲慢《ごうまん》になってもおかしくないのに、控えめな印象を受けた。

けれど、何か引っかかる。どこがと言われると答えられないが、人の良さそうな人間が出す空気を彼女から感じられない。

記憶喪失だそうだから、それでだろうか。どうにも引っかかる。

もう少し踏み込むか、と考えているとオドラン子爵夫人が首を傾げながら口を開いた。

「そういえばアリアドネ様はリーンフェルト侯爵家によく招待されておいでなのでしょう？　普段のリーンフェルト侯爵はどのような方なのですか？」

「リーンフェルト侯爵ですか？」

「ええ。私達の年代はリーンフェルト侯爵のファンが多いのです。ですが、ご本人はあまり社交界にいらっしゃらないので拝見する機会もそれほどなくて……」

確かに国を救った立役者だから英雄視されている部分もあるのだろう。

未だに独身だし女性人気は高そうだ。

「リーンフェルト侯爵は普段からあまり口数が多い方ではありませんし、それほど多くお会いしているわけでもありませんので……」

「まあ、そうですの？　アリアドネ様は毒草や薬草の知識が素晴らしいと耳にしておりましたから、てっきりリーンフェルト侯爵から教えを受けていらっしゃると思っておりましたのに」

なんてことはない言葉だが、何か違和感がある。

オドラン子爵夫人は微笑みを浮かべてはいるが、明らかに目は何かを探っている。

それに私に毒草や薬草の知識があることもなぜ知っているのか。

……あの両親が言いふらしていたのなら知っていてもおかしくはないが。

相手の目的が分からない以上、ここは隠していた方が無難そうだ。

「そのような大それたものではありません。読書が趣味なので屋敷にある本を読んで知っている程度の知識なだけです。兄のフィルベルン公爵がリーンフェルト侯爵と仲がいいので、テオドール様とも年齢が近いですしその関係で招待されていただけなのです」

そうなの？　と言いたげな目でオドラン子爵夫人はテオドールに目を向ける。

けれど、テオドールはきっと私が隠したことで何かを感じ取ってくれるはず。

「義父上からは特に何も聞いていません。僕はあまり人付き合いが得意な方ではないので、それでアリアドネ嬢を招待していたのでしょうね。実際、彼女やセレネ嬢は僕と過ごすことの方が多かったですしね。彼女が義父上と個人的に話をすることはさほど多くはなかったはずです」

さりげなく私のフォローを入れてくれるとは、やはり聡《さと》い人だ。

テオドールの言葉を聞いてようやく納得したのか、オドラン子爵夫人は分かりやすく肩を落とした。

「リーンフェルト侯爵ファンの皆さんに自慢できるかと思いましたけれど、残念です」

先ほどから言葉が全て嘘っぽい。オドラン子爵夫人は何を探ろうとしているのか。

そもそもクロードのことなら隣にいるテオドールに聞いた方が早いだろうに。

踏み込んでみるかと口を開きかけたところで、テオドールが彼女に声をかける。

「そういえば、オドラン子爵は近年貿易でも名前が広がっていましたね。今、帝国で流行っている西方諸島のものを先んじて取り扱っていた先見の明はさすがです」

「まあ、ありがとうございます。けれど、流行はいつの時代も移り変わりが激しいものです。西方諸島の薬や植物などを仕入れておりましたが、今は帝国内で新しい薬が出始めてあまり需要もないようです」

私の作った薬の効果があったのだな。

西方諸島の薬や植物が下火になっているのは良い傾向だ。

「それでも他国の薬なのですから、こちらにはない効果を持つものもあるでしょう？」

「ええ。そうなのですが、スペス男爵？　という方が開発した新しい薬が同じような効果を持っていて副作用もないとのことで。素晴らしい才能を持っていらっしゃるのですね。

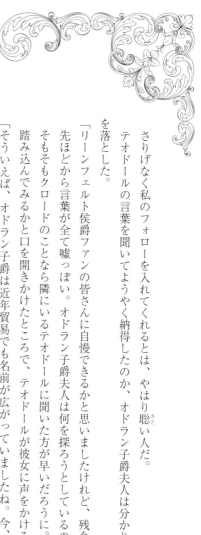

「……一度お目にかかりたいものです。お二人はご存じでしょうか?」

「スペス男爵ですか?　聞いたことがありませんね」

「私もです」

素知らぬ顔で大嘘をついたが、許されるだろう。多分。

オドラン子爵夫人は残念そうに肩をすくめた。

「やはりですか……。どなたに聞いても存じ上げないという答えだけで……。ただ、二十年以上前に名前を見たことがあるという話だけは耳にしました。けれど、そのような家名の方は過去も現在も存在しないようなのです」

そりゃあ、私の偽名なのだから存在するはずがない。

何食わぬ顔で私はオドラン子爵夫人に声をかける。

「お調べになったのですか?」

「気になってしまってつい……。ですが、存在しないということはどなたかの偽名なのかもしれませんね」

言いながら、オドラン子爵夫人はテオドールに視線を向ける。

彼女はクロードの偽名だと疑っていそうだ。

実際は彼の姉の偽名なのだけれどね。

テオドールはスペス男爵なんて名前を聞いたこともないだろうから、聞いても反応することもない。

オドラン子爵夫人は彼が何も知らないと判断したのか、興味なさげに視線を外した。

なんだろう。なんだか彼女の立ち居振る舞いは癪《しゃく》に障る。演技めいているのが気に食わないのだろうか。

と思っていると、どこかで大きな物音がしたかと思うと令嬢達の悲鳴が聞こえてきた。

何事かと目をやると、床に女性が倒れていた。

ドレスを着ていたのでどこかの令嬢だろうか。

呼吸は浅く意識もあるのかここからでは分からない。

食べ物や飲み物で合わないものがあったのか？　と思っているとオドラン子爵夫人が目に見えて慌て出した。

「お話の途中で申し訳ございません。彼女は夫の遠縁の令嬢でして……。特に持病もないのにどうして……」

「貧血でしょうか？　心配ですね」

「ええ。いきなり倒れましたもの。……アリアドネ様は知識がお有りのようですし、何か気付いた点はあったりしますか？」

「いえ……。知識が多少あるだけですし、人の様子を見て判断などとてもできません」

藁《わら》にもすがる思いからの言葉だろうか。

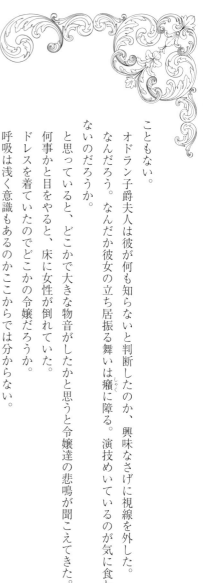

けれど、警戒心から私はオドラン子爵夫人の言葉を信用できず、細かなことを伝えようとしなかった。

他の人の具合が悪くなっている様子がないとなると貧血か他の病気の可能性が高いだろうし。

そうなった場合は専門の人間に見せた方が確実だと分かっているから。

「私などよりも専門家の方にお願いするのが一番だと思います。オドラン子爵の遠縁のご令嬢ということですし、夫人が付き添われた方が彼女も安心するのではありませんか？」

「……それもそうですわね。動転しておかしなことを口にしてしまい申し訳ございません。では、付き添いますので私はこれで失礼致しますね」

オドラン子爵夫人は倒れた令嬢の方に向かい、同時に教師がやってきて彼女を担いで行ってしまった。

「貧血にしては様子がおかしかったね」

「そうですね。倒れたときに怪我をしていなければいいのですけれど」

彼女が出ていった扉を見ながら私はどことなく嫌な気配を感じていた。

「それはそうと、先ほどは私に話を合わせていただいてありがとうございます」

「ん？　ああ、あれね。意味のないことをアリアがするはずないって思ったから。それにオドラン子爵夫人の様子が少し変だなって思って」

「テオ様もですか？」

「うん。どこが？　って聞かれても答えられないんだけど……」

人の目を敏感に感じ取れることに長《た》けたテオドールが言うのだから、そうなのだろう。

対象が私かクロードかまでは分からなかったが探っていたのは間違いなさそうだ。

優しく穏やかそうで子息令嬢達も相談しやすい雰囲気の人だが、どうにも胡散臭《うさんくさ》い。

説明はできないが、夫人には裏があるような気がしてならないと私は感じた。

結局、その後すぐに新入生歓迎パーティーは中断となり、生徒達は寮や自宅に帰宅となった。

〔第3章〕 事態は動く

新入生歓迎パーティーの翌日。

私はエドガーに用事があったため、いつもの護衛を連れて街に出かけた。

エドガーの情報ギルドの本拠地である宿屋まで歩いていこうと街中で馬車を降りて歩いていると、私の耳に少年の悲痛な叫び声が聞こえてきた。

「だから！　熱はあったけど死ぬようなもんじゃなかったんだ！　薬だって欠かさず飲んでたし、あんな熱で死ぬなんておかしいだろ！　ちゃんと調べてくれよ！」

皇都の警備隊に食ってかかる貧民街の少年。

警備隊の人は鬱陶《うっとう》しそうに対応しており、まともに話を聞くつもりもないようだ。

あちらに行けと手を動かしている。

「またお前か！　春から懲りないな。貧民街の人間が死ぬなんて日常茶飯事だろう？　わざわざ割く時間もないし無駄だから諦めろ」

「そりゃあ貧民街では珍しくもないけど、おっちゃんはあんな死に方をするような人じゃないんだ！　なあ、頼むから調べてくれよ」

「しつこいな。貧民街の人間が死のうがどうでもいいんだよ！　どうせなんか変なものでも食べたんだろ？　くだらんことでこっちの手を煩わせるな」

制服の裾を握っている少年の手を警備隊は乱暴に振り払うと、どこかへと立ち去ってしまう。

残された少年は涙をぽろぽろと流しながらその場に佇んでいた。

周囲の人間も今のやりとりを見ていたはずなのに誰も彼に声をかけようとしない。

相変わらず貧民街の人間に関わろうとする人間はいないらしい。

貧民街の人達はまともな治療も受けられないから命を落とすことは多い。

けれど、あの少年の言う通り薬を飲んでいたのなら寒い季節でもなければ死ぬことは稀《まれ》であろう。

（そういえば……前に貧民街で突然死が相次いでいるって新聞に載っていたわね。今回のもそれに関係しているのかしら？）

何にでも首を突っ込むのは褒められたものではないが、気になる部分はある。

あの少年に詳しい話を聞こうと足を動かしたが、私よりも前に彼に声をかけた人がいた。

「僕、今の話を詳しく聞かせてもらえるかしら？」

「え？　だ、誰だよ、あんた」

「私はアビーよ。君の話を聞いておかしいなと思う点があったから声をかけたの」

制服ではなかったからすぐに気が付かなかったが、彼女は学院に通う平民の女性・アビーだった。

話し口調も学院のときとは違い、堂々としている。

先に声をかけられてしまったが、便乗させてもらおう。

「私も聞かせてもらって構わないかしら？」

「え？　あ、アリアドネ様⁉　どうしてこのようなところに！」

「……こちらの方面に用事があってね。それよりも、貴方の話を」

「お前貴族だろ！　なんでそんな奴が俺の話を聞きたいって言うんだよ！」

……ごもっともな意見だ。

これまで貴族が平民や貧民街の人達に対してどういう態度をしてきたか知っている分、嫌われ方も半端じゃない。

裏があるのが普通だと思うのも仕方のないことだ。

だから護衛の君、少年にガンを飛ばすのはやめなさい。大人げない。

「薬を飲んでいたのに亡くなったという点がおかしいと思ったからよ。持病も他の病気を併発していたわけでもないのよね？　体の倦怠感《けんたいかん》とか咳《せき》とか鼻水とか他の症状はなかったの？」

「え？　いや、あの」

「白目の部分に何か斑点模様というか、そういうものはあった？　やけに充血していたとかそういうのは？　舌は？　体に痣《あざ》とか出ていたかしら？」

「な、なんなんだよお前！」

「原因を特定したいから聞いているのよ。で、どうなの？」

矢継ぎ早に質問をしてしまったせいか、少年は先ほどまでの勢いをなくしている。

私への敵意も薄れたようだ。

一方でアビーは口をポカンと開けて私を見ていた。

貴族が平民に声をかけるのが珍しいのだろうか。

まあ、珍しいか。

とりあえず少年が話し始めるのをじっと待っていると、警戒しながらも彼が口を開いた。

「えっと……風邪みたいな症状はなかったと思う。でも息がしにくいって。あとなんか手足が痺《しび》れてる感じもしてたっぽい」

「他には？　何か小さなことでも構わないわ。何かなかったかしら？」

「何か……」

考え込んでいた少年は、思い当たるところがあったのか「あっ」と声を出した。

「そういえば、爪の色がちょっと違っていた、かも」

「爪の色？」

「うん。熱が出てるからそうなるのかなって思ってたけど、なんかいつもより赤かったような気がする」

爪の色……。

セシリア皇女のときと同じだ。

ここまで症状が似ているとなると同じ病気だったのか、もしくは。

「……そういった症状が出て亡くなった方は他にもいるのかしら？」

「しばらく熱が出てである日突然死ぬことは一年前からたまにあった。半年くらい前は数が多かったけど今は落ち着いてる。でもおっちゃんと同じだったかまでは分かんない」

「そう……」

似たような症状で亡くなった人がいるとなれば体質の問題ではなさそうだ。

もしかして流行病？　いや、貧民街で広まるのならまだしもセシリア皇女にまで行き着くはずがない。

それだと帝国中にもっと広がっていないとおかしい。

生活用水に自然界の良くないものがしみ出して混ざったとも考えられるが、それにしては人数が少なすぎるし貧民街の人しか犠牲者がいないのもおかしい。

流行病ではないとなると、残るのは毒を盛られたということ。

少年の言葉を信じるなら一年前から犠牲者が出始めている。

セシリア皇女が体調を崩し始めたのは二、三ヶ月前から。

（完全に私の予想でしかないけれど、もしかしたら貧民街の人で実験をしていた？）

毒が本当に効くのか試したのではないだろうか。

貧民街の人間であれば不審死であっても調べられることはまずない。

そういった人達の声に上の人間は耳を貸さないし取り合わないだろうから。

問題はどうやって毒を仕込んだのか、どのような毒を使用しているかということだ。

「……亡くなった方が口にしていたものを覚えている範囲で教えてくれる？」

「水とパン。それに薬師の人がくれた薬だと思う。食欲もあんまりなかったし」

「薬は食後に毎回飲んでいたの？　どれくらいの期間、飲んでいたのかしら？」

「薬は食後に毎回飲んでたよ。期間は……一ヶ月くらいかな？」

「それは症状が出てから貰った薬なのよね？」

「うん」

「症状が出る前に、何か薬とかその人は飲んでいた？」

「うん。おっちゃんは腰痛が酷いから、その薬を薬師の人がくれて飲んでいたよ」

十中八九、その薬に毒を混ぜていたのだろう。……薬師がどう考えても怪しい。

「その薬は今もある？」

「ううん。両方とも、おっちゃんが死んだ後に薬師の人が持っていったから」

薬があれば成分を調べられたのに……。

けれど、これでハッキリした。

回収したということは表に出せないもので違いない。なんとかして現物を手に入れたい。

「その薬師がいる場所は分かるかしら？」

「いつも突然どっかから来るから、どこにいるのかは分かんない」

「そう……」

では、エドガーに頼んでみよう。

彼ならなんとかして現物を手に入れられるだろうから。

あとはその方が亡くなった当時の状況を聞いてみよう。

「言いにくいだろうけれど、その方の亡くなられたときの状況を教えてもらえるかしら？

無理なら言わなくてもこちらで調べるから構わないわ」

「えっと……大丈夫。あの日は配給された水とパンを持っていって渡したんだ。それで水を飲ませたら急に苦しみ出して血を吐いて、そのまま……」

「そうだったのね。辛いでしょうに教えてくれて感謝するわ」

貴族から礼を言われるとは思っていなかったのか少年は目をぱちくりとさせている。

（亡くなり方がマカレアを用いてナルキスの抽出液を飲ませたときと同じだわ。やはり貧民街で先に試していたのね）

「感謝されても、おっちゃんは戻ってこない……。絶対、水に何かが入ってたんだ。俺が飲ませなかったら……」

「悪いのは水に何かを入れた者であって貴方ではないわ」

私の言葉に少年はグッと唇を噛んだ。

悔しさが痛いほどに伝わってくる。

「なあ……。おっちゃんがなんで死んだかちゃんと調べてくれよ。殺されたんなら犯人を捕まえてくれよ……！」

「そうしたいのは山々だけれど、子供の私達では」

申し訳なさそうにアビーが口にすると、少年はガックリと肩を落とした。

確かに子供にできることは限られている。

けれど、子供は子供なりの戦い方があるのだ。

「調べてもらえるように上に掛け合うわ」

「本当か!?」

「ええ。約束するわ」

「聞いたからな！　絶対だぞ！」

少年は大声でそう言うと、約束だからな！　と言って路地裏に走っていってしまった。

おじさんの死を調べてもらうという目的が果たせたので去っていったのだろう。

期限を決めるとかどうやってするのかということを聞かずに行ったあたり、まだまだ子供である。

少年の後ろ姿を見送りながら色々な可能性を考えていると、アビーが私に声をかけた。

「あのような約束をしてしまって大丈夫なのですか？」

「いずれ貧民街の件は上に報告されていたでしょうし……、どちらにせよ調査は入るはずだもの」

「それはそうですが……。あのように安請け合いをなさるのは危険では？」

「アビーは慎重なのね」

「……私は結局有耶無耶《うやむや》になって、あの少年から恨みを持たれる可能性を危惧しているのです」

「貴族のことに詳しいのね」

ハッとした表情を見せたアビーは慌てて取り繕おうとしている。

その態度に私は違和感を覚えた。

貴族のことに詳しいということは、もしかして裕福な平民の家の子供なのだろうか。

何でもかんでも詮索するのはマナーとしてどうかと思うが、何も知らないのも彼女が敵であった場合見落とすことになる。

少し探ってみるか。

「ところで、貴女のご実家はこの辺りなのかしら？」

「え？　……ああ、はい。そうです」

「この辺りは皇都でも有名なパン屋があるのでしょう？　あれを毎日いただけるなんて羨ましい限りだわ」

「よくご存じですね。アリアドネ様がこちらの事情にお詳しいとは驚きです」

「興味があるのよ」

今のでハッキリした。アビーは嘘をついている。

なぜならここには有名なパン屋などない。

果たしてアビーは敵か味方か……。

探るように見ていると、彼女はふんわりと微笑みながら口を開いた。

「先ほどの件でもそうでしたけれど、アリアドネ様は博識なのですね。私は話を聞いて学院の図書館で調べようと思っていたのですけれど」

「毒に詳しいリーンフェルト侯爵にお会いする機会が人より多いものだから、侯爵に伺おうと思って詳細を尋ねただけよ」

「ああ……。確かに薬室の責任者でもありますし、リーンフェルト侯爵ならお分かりになるかもしれませんね」

別になんてことはない会話だと思うが、平民の彼女がクロードの詳細を知っているのが不思議だ。

二十二年前に帝国を救った英雄として名前が知られているという部分もあると思うが、王城の薬室の責任者である情報まで平民の耳に入るものだろうか。

それに疑問を感じたことで気付いた点がもうひとつある。

彼女は平民にしては言葉遣いが丁寧すぎる。

よくよく彼女を見てみれば髪の艶も手の綺麗さも一般的な平民とはほど遠い。

（裕福な家庭の平民ではなくて、貴族令嬢ではないかしら……）

正体を摑《つか》むため、私は知らないふりをしようと口を開いた。

「アビーさんは貧民街でこういったことが起こっていたのをご存じだったの？」

「……ええ。新聞でもたまに載ってましたし、直接聞くこともありましたので」

「それで、あの少年が気になって声をかけたのね」

「そうなんです。それになんだか二十二年前の毒殺事件と同じ経緯を辿《たど》ってるような気がして」

「二十二年前……」

私の作った毒で皇族や貴族が多数犠牲になったあの事件。

そこしか記憶にないけれど、同じというからには、貧民街の人達が犠牲になったのだろうか。

あのときの毒の効果を確かめるために貴族派がしでかしたのか。

父が私にバレるのを恐れて耳に入らないようにもみ消していたのかもしれない。

あの頃は私もクロードに集中していて貧民街のことまで見ていなかったから……。

「あのときも貧民街の人が犠牲に？」

「……ええ。ヘリング侯爵が貧民街の人で実験して少なくない犠牲者が出たと。なので今回の件も気になってしまって。犠牲になるのはいつだって弱い立場の人達ですから……」

「そうね。でもよく調べられたわね。主犯は全員裁判も受けずに死んだか逃げたかだったから詳細はそこまで公表されてないと思うのに」

「ああ……親しくしている人が詳しくて。それでです。その人も同じことが起ころうとしていると危険視していてリーンフェルト侯爵と連携を取っているのだとか」

「そう」

あの事件の詳細は公になっていないし知っているのは四大名家の当主くらい。

私が二年ほど前に調べたときも貧民街の事件の情報は出てこなかった。

ということは、クロードと連携を取っているアビーと親しくしている人は四大名家の当主とみて良いだろう。

四大名家の誰かとなれば、彼女と同じ年頃で人前に出ていない女性は一人しかいない。

学院入学時から病弱で社交界にも一切顔を出していない、サベリウス侯爵家の息女であり皇太子の婚約者でもあるシルヴィア。

（病弱というのは嘘ということかしらね。アビー、ビア……シルヴィア。少し考えれば導き出せそうなのに勘が鈍ったかしら）

……………いや、大事なのはそこではない。

二十二年前と同じ経緯ということは、ヘリング侯爵が指示をしたのだろうか。

だとしたら、おかしい。あの人は一度失敗した策を再び実行に移すような人間ではない。

慎重で冷静で執念深く冷酷な人だった。実験するのであれば他国で行うはず。

自分の目の届かないところでやるはずがない。

もしや、とっくに帝国に来ているのだろうか。

いや、来ていたとしても同じ策をやれだなどと命令したりはしない。

もしかして……ヘリング侯爵自身も知らないところで勝手に動いている？　もしくは彼のせいにしたい第三者が別にいるとか？

「その親しくしている人が言うには、最近帝国内に他国の商人がよく出入りするようになったらしくて……。商品に何かを紛れ込ませているのではないかと仰っていました」

「国も把握はしているというわけね」

ただ、何を紛れ込ませているかまでは摑めていないのだろう。

「あ……いえ、まだ臆測なので限られた人しか知らなくて……。なので陛下が動くためにも証拠が欲しいというところみたいです」

「かなり重要なお話だと思うけれど私に知られていいのかしら？」

「アリアドネ様は悪用なさる方ではないとお見受けしました。それに貴女であればリーンフェルト侯爵に近づいても犯人に警戒心を抱かせないのではないかと」

「なるほどね」

つまり、アビーが親しくしている人が表立ってクロードに接触したら犯人に警戒されて取り逃がしてしまう可能性がある。

だから娘のシルヴィアを利用して私からクロードに話してほしいということか。

「私と貴女が会ったのは偶然でしょうけれど、随分と人使いが荒い方なのね」

「愛国心の強い方ですし、何より身内ですので遠慮がないのです」

ウフフ、とアビーは朗らかに笑っている。

私に正体がバレていることは気付いていそうだ。同じ情報を知っているから取り繕う必要がないと判断したのか隠す様子もない。

「承知致しました。けれど、危険ですのであまり深く入り込まない方がよろしいと思います。心配される方も大勢いらっしゃるでしょうし、ここら辺で引き返すべきです」

「……そうですね。子供の身でできることは限られておりますから、肝に銘じます。アリアドネ様もお気を付けて」

「ええ。貴女もお体ご自愛くださいませ」

私の言葉にアビーことシルヴィアは口に手を当てて上品に微笑んでみせた。

とりあえず、まずはエドガーに頼んで亡くなった人が飲んでいた薬を手に入れてもらって調べるしかない。

クロードとも情報を共有すべきだろう。

シルヴィアから色々とまだ聞きたかったが、これ以上話し込むとセレネやミア達を心配させてしまう。

切り上げてエドガーのところに向かおう。

「用事があることを思い出しました。引き止めて申し訳ありません。では、私はこれで失礼致します」

「いえ、こちらこそ。お気を付けて」

シルヴィアともそこで別れ、私はエドガーのいる宿屋へと向かった。

そこで私は薬師から薬を手に入れてほしいと彼に頼み、残りの用事も同時に依頼したのであった。


エドガーに調べてもらう間、私は自分にもできることをしようと学院内にあるサロンに足を向けていた。

新入生歓迎パーティーで気になっていたオドラン子爵夫人のことをもう少し知りたいと

思っていたので、いそうな場所に行こうとなったわけである。

生徒の相談役ということだから、生徒達が比較的集まるサロンにいると踏んだわけではあるけれど、いなかったらどうするか。

……いなくても情報収集はできるだろうから、それはそれでいいか。

「ここね。外から見た感じだと人はそこそこいそうね」

サロンは校舎から少し離れた場所にあり、オシャレなカフェのような見た目の建物だ。

個室はあるにはあるし男女で分けられてはいるが、子息令嬢達の交流のための場でもあるから上位貴族だろうと下位貴族だろうと同じ場にいられる。

まあ、中で上位貴族は上位貴族だけで固まっているから、同じ空間にいるだけで会話があるわけではないのだけれど。

漏れ聞こえてきた会話で興味を引く話題があれば、中位、下位貴族であっても上位貴族の方から声がかかることもあった。

学生時代は色々な人と繋がりを持つために頻繁に顔を出していたからよく知っている。

（情報収集するなら最適の場所よね）

オドラン子爵夫人がいれば良いけれど、と思いながら私はサロンの中に入っていく。

扉が開いて足を踏み入れると、中にいた令嬢達の話し声が一瞬で止まった。

全員が私を見て様子を窺っている。

反応するほどでもないので、私は周囲を見回してオドラン子爵夫人の姿を探す。

（……いた。やはりこういう場に顔を出すのね。予想が当たっていてよかったわ）

目的の人物であるオドラン子爵夫人は令嬢達に囲まれており、話の中心になっているようだ。

ああいうところを見ると、彼女は社交界でそれなりの立場を築いているようだ。

オドラン子爵家自体は特に目立った家門でもなかったと思うが、それだけ彼女の手腕が優れているからか、はたまた違うものがあるのか。

などと考え事をしていると、彼女の方が私に気付いたのかニコリと微笑みを向けてきた。

私もその場で微笑みを返して、彼女の方に足を向ける。

「アリアドネ様の方から出向いてくださってありがとうございます」

「お話が盛り上がっているようでしたし、中断させるのも悪いと思っていたのですが……。結局そうさせてしまいましたね」

「構いませんわ。皆さんもアリアドネ様とお話ししたいと思っているでしょうし」

オドラン子爵夫人の言葉に周りにいた令嬢達は戸惑いがちに頷いている。

私はあまり歓迎されてはいないようだ。まあ、どうでもいいが。

「嬉しいわ。私も皆さんとお話ししたいと思っておりましたのよ」

「アリアドネ様はお忙しい方ですもの。これまでサロンにいらっしゃることも難しかった

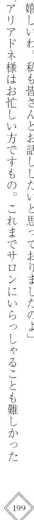

でしょうし、いい機会になりましたね」

「ええ、本当に。入学前まであまり他家のご令嬢方と交流がありませんでしたので、少し緊張していた部分もありましたの。けれど、昨日のパーティーでもっと皆さんとお話をした方が良いのではないかと思いまして」

「そうですね。言葉を交わすことでアリアドネ様も皆さんと仲良くなれると思いますし、いい機会だと思います」

「はい。話をして私と気が合う方がいらっしゃればいいなと思います」

オドラン子爵夫人と話していると、令嬢の一人が意地悪そうな笑みを浮かべているのに気が付いた。

「ですが、オドラン子爵夫人からアリアドネ様は毒の知識があると伺いました。そのような方とお話が合うか不安がございますね」

他の令嬢もクスクスと馬鹿にするように笑っていた。

オドラン子爵夫人はそんな令嬢達を見てうろたえている。

昨日まで私に毒の知識があることを知っている生徒は一人もいなかったのに……。

どういう意図かは知らないが、オドラン子爵夫人は余計なことをしてくれた。

だが、お蔭で彼女の情報を得ることはできそう。

上手く令嬢達を誘導してオドラン子爵夫人に情報を聞き出す状況を作ろう。

「毒の知識と言っても大したことはありません。本で読んで知っている程度ですもの。それ以外の知識も当然あるわ」

「まあ、アリアドネ様は他にどういった知識をお持ちなのかお聞かせいただいてもよろしいですか？」

「刺繍《ししゅう》と乗馬と読書が好きなの。テオドール様がお持ちのハンカチをご覧になったことはあるかしら？」

「テオドール様のですか？　あのユリの刺繍が入ったものでしょうか？」

「ええ。その刺繍をしたのが私です。二年ほど前の狩猟大会のときだったかしら。そのときに刺繍をしたものをテオドール様が気に入ってくださって後日お渡ししたのよ」

私がそう言うと、令嬢達はざわめき出した。

え？　あの刺繍を？　と戸惑っている様子だ。

「ですが刺繍と乗馬と読書とは、アリアドネ様は多趣味でいらっしゃるのですね」

「好奇心は強い方だからかしら。皆さんだって刺繍をなさるでしょうし、そういう点ではお話が合うかもしれないわね」

「た、確かにそうですね。ですが、私達とは使っているものが色々と違いそうですね」

「そうね。ありがたいことにエリックお兄様のお母様が使用されていた道具類を譲ってくださったから。代々受け継がれてきたものなので自然と物を大事にしようという気持ちも芽生えたわ」

「アリアドネ様は物を大事になさる方なのですね……」

そう口にした令嬢に向かって私は穏やかな笑みを浮かべる。

令嬢達は完全に沈黙した。

さあ、話題を変えるためにオドラン子爵夫人に助けを求めなさい。

「物を大事にと言えば、エレノア様もですよね？　オドラン子爵に保護される前に持っていたネックレスを今も大事にしていらっしゃると伺いました」

私の目論《もくろ》み通り、令嬢は話を変えるためにオドラン子爵夫人に話題を振る。

先ほどからオロオロしていた彼女は「ええ、そうですね」と戸惑いがちに答えていた。

「ネックレスをですか？」

「どなたにいただいたかは思い出せないのだけれど、それを見ているとどこか懐かしい気持ちになるのです。きっと記憶を失う前の私にとって大事なものだったのでしょう」

「それにエレノア様はオドラン子爵から贈っていただいたものも大事になさっているではありませんか。大事にしすぎて自分よりもそちらの方が大事なのか嫉妬してしまうと子爵が私の父に零してましたのよ」

「主人がそのようなことを？　なんだか恥ずかしいです。私はそのように言われるような人間ではないと思っているのに」

はにかみながら答えている姿は嘘偽りがないように見える。

パーティーのときに覚えた違和感は気のせいだったのだろうかと思えるくらいだ。

「何を仰っているのですか。エレノア様は慈善事業や芸術家の育成に力を入れてこられて、帝国で聖女のようだと言われている方ですよ？　それに孤児院の経営までなさっていますし。こうして学院の相談役までお願いされるくらいに素晴らしい方なのですから」

「そうです。エレノア様は今や帝国の社交界においてなくてはならない方です。皆がエレノア様を尊敬しています。それにエレノア様が保護されたときに連れていた子も皇女殿下の侍女になられましたし、皇室からの信頼も厚いではありませんか」

「助けていただいた分、お返ししたいと思ってやっただけのことです。それがまさかこのように大きなことになるとは思いもしませんでした……。デリアに関してもそうです。陛下からセシリア皇女殿下の侍女にと言われたときは心臓が飛び出るかと思いましたもの」

「欲がないからこそでしょうね。だから皆さんエレノア様をお慕いしているのです」

オドラン子爵夫人一人で帝国に来たわけではなかったのか。

周囲が驚いていないところを見ると、どうやらこの情報は周知の事実のようだ。

……その子の名前がデリア。確かセシリア皇女に茶葉を切らしていると答えていたあの侍女だったはず。

皇室からも信頼されているとなるとオドラン子爵夫人は信用できる人物なのか？

いや……彼女は言葉通りの善人では絶対にないはずだ。

時折、口調がどこかわざとらしくなるときがある。

うわべだけの言葉を話しているようにしか思えないのだ。

これ以上ここにいても得られるものはなさそうである。

（知りたい情報はあらかた知れたし、もういいかしら）

そもそも長居するつもりはなかったし、このままいてもオドラン子爵夫人を称《たた》える話しか聞けないだろう。

私は未だに盛り上がっている彼女達に向かって口を開いた。

「失礼。もっと皆さんとお話ししたかったのだけれど、これから妹と約束があって寮に戻らなければいけないの。またサロンに伺うので続きは後日に」

「あら、もうそこまで時間が経っていたのですね。気付かずに申し訳ありませんでした」

「いえ、皆さんとのお話は大変有意義なものだったわ」

チラリとオドラン子爵夫人を見ると、彼女は先ほどまでの表情から一転して申し訳なさそうにしていた。

「折角いらしたのに申し訳ございません。先ほど彼女達がアリアドネ様に申し上げた件なのですが」

「彼女達が……。ああ、毒の知識のことだったかしら」

「そうです。彼女達にアリアドネ様が毒の知識がお有りだと口にしたのは私なのです。ただ、これだけの知識がお有りで凄いのだと彼女達に伝えたかっただけなのです」

「そのような意図だったのは理解しております。どうぞお気になさらないでください」

労るようにオドラン子爵夫人に声をかけて、私はサロンを後にした。

セシリア皇女の侍女か……。

そちらも調べた方が良さそうだ。


エドガーに薬を調達してもらっている間、私はセシリア皇女の侍女であるデリアに話を聞こうとクロードと共に実家に戻ってきていた。

「本当にオドラン子爵夫人に怪しい点があるんですか？　どう見ても人畜無害な人のように見えますすけど」

「見た目はね。けれど彼女の言葉を信用できないのよ。どこか私と同じ匂いがするというか……」

「でも姉上みたいに何か悪いことを企んでいそうな顔はしてないですよ」

「悪女顔で悪かったわね。見た目の問題ならクロードだって人のこと言えないでしょう」

「俺は常に笑顔を心がけてますから。姉上はいつも仏頂面でニコリともしなかったじゃありませんか」

「ラナンキスの汁を塗りたくった指で貴方の目を擦《こす》って差し上げましょうか？」

「それ、目が開けられなくなるじゃないですか！　急所を狙うのはやめてくださいよ」

想像したのか、クロードは私から距離を取る。

心配しなくても持っていないから逃げようとするんじゃない。

あと怖いなら喧嘩を売るな。

「貴方はいつも一言多いのよ。女心を何も分かっていないわね」

「事実を言っただけなのに……」

クロードは口を尖《とが》らせてブーブー文句を言っているが、全く可愛くない。

年齢を考えなさい。

子供じみたやりとりをするのも飽きたので、話を変えようと口を開く。

「それで、デリアとは話ができそうなの？」

「この時間帯は休憩を取っていると聞いています。問題ありません。けれど彼女は当時六歳でしょう？　覚えてるわけありませんよ」

「印象的なことは意外と覚えているものよ。でも、こちらの味方かどうかも分からないからまずはセシリア皇女殿下の話から聞いて誘導していくわ」

「口を滑らせるように持っていくということですね。さすが姉上、小狡《こずる》い」

舌を引っこ抜いてやろうか。

ジロリとクロードを睨むと彼は苦笑しながら肩をすくめた。

彼は真っ向勝負の男だし、回りくどい手を使うタイプではないからしょうがない。

いちいち腹を立てていたらこの男とは付き合えない。

「姉上は国家転覆を狙う勢力が手を回しているとお考えなのですか？」

「そこまでは分からないわ。ただ、私だったらこの機会を逃さないなと思っただけ。二十年以上経ってある程度軌道に乗って油断しているもの」

「そのやり方が毒、だと」

「私の得意分野だから強く思うのかもしれないわね。けれど、貧民街で起こっていることを考えたら使っていいても不思議ではないわ」

貧民街の件はすでにクロードに話してある。

彼も違和感自体はあるようで独自に調べてみるとは言っていた。

貧民街の件とセシリア皇女の件が同一犯によるものなのか。

または全く関係がなく、セシリア皇女の件はただの体質の問題なのか。

オドラン子爵夫人から感じる怪しさも含めて、それらを調べるために彼女の侍女であるデリアに話を聞きに来たのだ。

「まずは話を聞いてみないことには何も分かりませんもんね。……さて、ここら辺りだと思うのですが」

言いながらクロードは周囲を見回す。

私もデリアを探していると、庭にある木陰のベンチで座っている彼女を見つけた。

クロードの腕を肘で突《つつ》いて視線だけを彼女に向ける。

「いましたね」

「行くわよ」

クロードの返事を聞かぬまま、私はデリアに歩み寄る。

足音で誰か近づいてきたと分かったのか、彼女は顔を上げてこちらを見た。

私達を見た彼女は少々驚いている様子だったが、わざとらしさは感じられない。

「貴女は確かセシリア皇女殿下の侍女の……」

「デリアと申します」

「そう、デリアだったわね。ここで何をしているのかしら？」

「……あの、休憩中でして」

「あら、そうだったの。知らずに責めるような口調になってしまったわね」

デリアは慌てた様子で首と手を横に振る。

今のところ演技しているようには見えない。演じているとしたら大した演技力だと思う。

「セシリア皇女殿下の体調はいかがかしら？」

「もう大分回復なさっています。庭を散歩したり、フィルベルン公爵から勉強を教わったりしております」

「まあ、よかったわ」

などと言いながら、セシリア皇女を主体とする話をデリアに振っていく。

尋問、に当たるかは分からないが、そういったことが苦手なのか、クロードが相槌《あいづち》を打つくらいで会話に積極的に入ってこようとしない。

たまに『よくそんなにポンポン口から出ますね』という視線を私に寄こしてくるのは気のせいだろうか。

「それだけ信頼されているということは、デリアさんはセシリア皇女殿下の侍女になって長いのかしら？」

「え？　…………そ、そうですね。もう四年目になります」

「四年目……。ああ、貴女だったのね。この間、オドラン子爵夫人とお話しする機会があって、夫人が世話をしていた子が四年前からセシリア皇女殿下の侍女をしていると伺っていたのよ」

「はい、そうです。オドラン子爵の紹介でセシリア皇女殿下の侍女になりました」

そう、貴女だったのね～というわざとらしい会話をしてオドラン子爵夫人の話題に移行する。

「随分と幼い頃から育てられたとか。オドラン子爵夫人は今も慈善事業を積極的にしているし、元から慈愛に満ちた方だったのね。尊敬するわ」

言いながら私はデリアの表情、特に目を見た。

彼女は「ええ、本当に感謝しております」と柔らかな表情とともに口にした。

一見裏のない言葉だったが、私は彼女の瞳が揺れるのを見逃さなかった。

（少しではあるけれど、動揺が見られた。私の言葉の中に嘘があったということよね）

どれが該当するのかは分からないが、やはり私の予想した通り。

オドラン子爵夫人は評判通りの人間ではない。

「幼いながらに西方諸島から帝国に来るなんて、大変だったでしょう？」

「……幼すぎて記憶があまりないのです。大人達の方がよほど苦労していたと思います」

「幼い子供を連れての旅でしたものね」

「そう、ですね。けれど、当時はまだ私の母も存命でしたので、苦労を分かち合っておりました」

オドラン子爵の領地で保護された話は聞いたが、そのときにもう一人女性がいたという話は誰もしていなかった。

ということは、帝国に来る前にデリアの母親は亡くなっているのだろう。

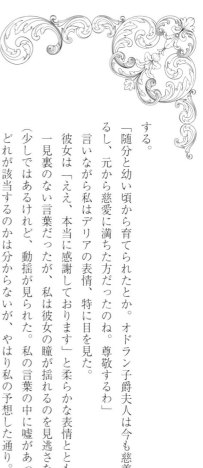

視線だけをクロードに向けてみると、彼は私の言わんとしていることを察したのか小声で「保護された中にはいません」とだけ答えた。

「お母様のことに気が回らなくて、辛いことを思い出させてしまったようね。失言だったわ」

「いえ！　大丈夫です」

「気を遣わせてしまったわね」

デリアは申し訳なさそうに首を振っている。

話を聞いていると、あまり記憶がないと言っていた割に当時のことを覚えていそうな口調であった。

「本当に気にしておりません。他の方のように興味本位で尋ねられたというわけではないことは感じ取っております。アリアドネ様のお優しい気持ちは伝わっておりますもの」

「よく見ているものだ」

感心したようにクロードがポツリと呟くと、デリアは照れたように笑った。

「母のクラウディアがよく『空飛ぶ鷹《たか》のように視野広く、海泳ぐ鯨のように大らかに。本物を見る目を鍛えなさい』と言っていたもので……。こう見えても人を見る目はあると自負しております」

「そのようなデリア嬢を育てられたご母堂《ぼどう》も素晴らしい人物なのでしょうね」

「はい！　穏やかで物静かな人でしたが、誰よりも強い正義感を持っておりました」

ニコニコと笑いながら母親の話をしているデリアであったが、私は彼女の言った母親の言葉にあることを思い出していた。

全く同じではないが、それでも似たような家訓をよく言っていた人物を私は知っている。

動物に例えた家訓がある国がかつて存在していたことを私は知っているのだ。

（エドガーに調査をお願いしておいて正解だったわ。範囲を広げるように追加しておきましょう）

私の想像している国であるならば、真相に早くたどり着けるかもしれない。

「……そろそろ休憩時間が終わりますので、申し訳ありませんが」

「お休みしていたのに話し込んでしまったわね」

「とんでもないです。私のような者に声をかけていただけて光栄でした。またセシリア皇女殿下に会いにいらしてください」

「ええ、そうするわ」

失礼します、とデリアはセシリア皇女殿下の部屋の方に歩いていった。

彼女の姿が見えなくなったあたりで私はクロードに問いかける。

「どう感じた？」

「嘘は言っていないようですね。ただ、オドラン子爵夫人に関してはあまりいい印象を持っていないように感じられました」

「私もよ」

上手く隠してはいたけれど、それでも絶対にオドラン子爵夫人を褒めなかった。

何より、彼女の目には隠しきれない怒りがあった。

「崩せるとしたら彼女かしらね」

「オドラン子爵夫人が悪事を企んでいた場合、ですけれどね」

……あくまでも私が勝手に想像していること。

なんか怪しい、だけでここまで聞き込みをするのは自分でもおかしいと思っている。

けれど、どうしても不安を拭いきれないのだ。


「体調がお悪いようです」

休日の昼食後、セレネと過ごそうと彼女の部屋に行った私は侍女であるリサからそう伝えられた。

寒暖差のある季節だから体調を崩してしまったのだろうか。

「胃が気持ち悪いとのことでして……」

「主治医は呼んだのよね？」

「はい。朝に伝えておりますので、もうじき診察に来るかと」

「気持ち悪さだけなのよね？　他に熱とか体の倦怠感《けんたい》だとか呼吸のしにくさだとか手足の震えなんかはあるのかしら？」

矢継ぎ早になる私の問いにリサは驚きながらも答えようと口を開く。

「特にそちらの症状は出ておられないようです」

最近のセレネは私の噂話をかき消すため生徒達のお茶会に頻繁に出席していたから、一瞬、セシリア皇女や貧民街の件が頭を過《よぎ》って不安になってしまった。

「そう……。ところで面会はできる状態なのかしら？」

「それが……。弱っている姿を見せたくないと」

「あの子らしいわね」

具合が悪くても変わらないと思い、私は苦笑する。

強がるくらいだから、本当に軽いものなのかもしれない。

ホッとして視線を下げると、リサが手紙を持っていることに気が付いた。

「リサ、その手紙は？」

「実は、本日エレディア侯爵家のミランダ様よりお茶会に招待されておりまして。体調不良で欠席することをお伝えしようと」

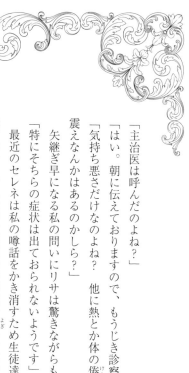

「ああ、そういうこと……」

話を聞いて納得はしたが、ミランダは相手が体調不良であれば仕方がないと思うような人間ではない。

ここぞとばかりに被害者ぶってあれこれ吹聴しそうな気がする。

（今日は何も用事がないし、代わりに私が出席しようかしら）

私に来られても嫌だろうが、後から色々言われるのも面倒だ。

代理で行くことを決めた私はリサの手から手紙を抜き取る。

「アリアドネ様？」

「私が代わりに行くわ。時間は何時から？」

「よろしいのですか？」

「用事がないから平気よ。四大名家の招待だから後々面倒になりそうだし……。だったら私が行くわ」

「……畏まりました」

リサはどこか不安げな表情を浮かべている。

セレネもテオドールもいない場であれば、ある程度無茶もできるし問題ない。

「お茶会は二時からになります。場所はサロンで行われるとのことです」

「では急いで準備をしなければね。ミランダさんに知らせを出しておいてもらえる？　ミアには私が伝えておくから、頼むわね」

そう言って私は自分の部屋に戻り、今あったことをミアに伝える。

彼女も心配そうな表情を浮かべていたが、行くと決まっているならとかなり気合を入れて私の用意をしてくれた。

紫のドレスに着替えた私は、ミアの応援を背に受けながら馬車に乗りサロンへと向かう。

さほど時間もかからずにサロンに到着し、個室部屋の入り口にいる使用人に招待状を見せた。

同時にセレネが急病で来られなくなったことと、私が代理で来たことも伝えるとすぐに使用人はドアを開けてくれた。

私が個室に入るとミランダをはじめとする令嬢達は会話をやめてこちらを凝視しだした。

訝《いぶか》しげに私を見ている中、我に返ったミランダが口を開く。

「招待したのはセレネさんであって貴女ではないのだけれど……。ですが、急病ですから仕方がありませんね。私達は構いませんが、趣味や好みが違いすぎますから……。ねぇ？」

ミランダはチラリと令嬢達を見て小憎たらしく笑う。

要は自分達の会話に入ってこられるほど私に知識がないと言いたいのだろう。

初っぱなから言ってくれるではないか。

「趣味や好みが違ったとしても、自分の知らない世界を知ることは己の成長に繋がることだもの。悪いことだとは思わないわ。相手の価値観を認めるということは大事なことだと思うもの」

「アリアドネさんはご立派な考えをお持ちですのね。それをご自身で実行されていれば、のお話ですが」

「常にできているわけではないけれど、そうありたいと思っているわ。……それで、先ほどまでどのようなお話をされていたのかしら？」

言い合いをするために来たわけではない。

こちらはさっさと終わらせて、適当に会話に相槌を打って無難にこの場を乗り切りたいのだ。

ミランダはまだ言い足りないような空気を出していたが、彼女も多少は理性が残っているのか私から視線を外した。

「……新入生歓迎パーティーのときのお話をしておりましたのよ」

「ああ、あのときのミランダさんのドレスはマダムシュゼットのデザインのものだったわね。上品で優雅なドレスはミランダさんによく似合っていらしたわ」

ミランダは信じられないというような目で私を見ている。

どこのドレスかなんて分からないと思っていたのだろうか。

「確かに、マダムシュゼットのデザインのものだけれど、どうしてご存じなのですか？　どこのものかなどお話ししておりませんのに」

「裾に広がるように施された刺繍の模様で分かったわ。あれはマダムシュゼットのドレスの特徴だもの」

「……アリアドネさんはそういったことにあまりご興味がないものとばかり思っておりました。意外ですわ」

なんとも失礼な言葉であるが、それが他人から見た私の印象ということだ。

まあ、私も表立って誤解を解こうとしていなかったから仕方ない。

「私も人並みに興味は持っているわ」

「そうでしたのね。でしたら、他にどういったことにご興味があるのですか？」

「刺繍や歴史、読書に紅茶……といったところかしら」

「あら、アリアドネさんも紅茶がお好きですのね。私もです。詳しいのですか？」

可愛らしくミランダは微笑んでいるが何か企んでいる目をしている。

一体、何をするつもりなのか……。

「……飲んだことのあるものであれば分かる程度ね」

「まあ、本当に？　でしたら、今日の紅茶がどちらのものか当てることもできるのかしら？」

「飲んだことがあれば可能だと思うわ」

ニヤリと笑ったミランダは給仕に紅茶を淹《い》れるように命じる。

彼女の雰囲気から察するに今日の紅茶は珍しいものなのだろう。

外した私を笑いものにしてやろうという意思を感じる。

他に娯楽がないのかと呆れてしまう。

そうこうしている内に給仕が淹れた紅茶が私の前に置かれる。

「さあ、どうぞ」

ミランダの意図に気付いた令嬢達も目を輝かせて私を見ていた。

私はそれらの視線に気付かないふりをして紅茶を口に含む。

紅茶の味を舌で感じた瞬間、私はわずかに眉根を寄せた。

（……純粋なラナン地方の茶葉ではない。マカレアが混ぜられている。甘さと蜂蜜のような匂いを消すためにケナの葉も入っている）

ケナの葉だけでは消しきれないわずかな匂いが残っているから間違いないだろう。

だが、顔に出してはいけないとそのまま何事もなかったかのように飲み、カップを置く。

「いかがでしょうか？」

目を細めて私の言葉を待つミランダ達の顔が目に入る。

とにかくまずは彼女達の問いに答える方が先だ。

「……恐らくだけれど、ラナン地方の茶葉かしら？」

「あら……」

残念そうな口ぶりから察するに合っていたらしい。

当てたのだから、今度は私の質問にも答えてもらおう。

「サロンで出されているから最高級のものだと思うけれど、皆さんはよく飲まれているのかしら？」

「ええ。数が限られている貴重な茶葉ですもの。我が家でも手に入れるのは大変ですから、学院のサロンで見つけたときは本当に嬉しくって……」

「上位貴族のみのメニューにしかありませんから、ミランダ様のお蔭で貴重な紅茶をいただけて感謝しております」

「あら、いいのよ。大切な友人と貴重なものを共有するのは大事なことですもの」

「ミランダ様……」

私に対する態度はアレだけれど、自分に懐いてくれる人に対しては寛大なのだな。

大事なことが分かっているということか。私に対してはアレだけれど。

などと思っていると個室の扉をノックする音が聞こえてきた。

全員がピタリと会話をやめて扉の方を見つめる。

少しして扉の向こうからオドラン子爵夫人が室内に入ってきた。

「あら、オドラン子爵夫人ではありませんか。どうなさったのですか？」

「サロンの方に用事があって伺ったらミランダ様がいらっしゃると耳にして挨拶に参りましたの」

「お忙しいでしょうに、わざわざ足を運んでいただいてありがとうございます。いつも私達のために働きかけてくださって、何不自由ない学院生活を送れるのはオドラン子爵夫人のお蔭ですわ」

「とんでもございません。私の働きなんて微々たるものです」

サロンの管理を任されているわけでもないのに、個人が主催するお茶会に顔を出すのは普通はやらない。

相談役という立場だったら普通なのだろうか？

それにミランダと話しているはずなのに、やけに私の方を気にする素振りを見せている。慌てているようにも見える。

飲んだ紅茶に混ぜられたものが分かった今となっては怪しくて仕方がない。

「何を仰るのですか。オドラン子爵夫人に相談したことで気分が軽くなったと口にする生徒は多いのですよ」

「それは皆さんが答えを持っていらしたからです。私はただ背中を押しただけなのです」

「本当に謙虚な方でいらっしゃいますね。あとそれだけではなく、不眠で悩んでいる生徒に愛用のハーブティーを分けて差し上げたとか。よく眠れるようになったと本人が申しておりましたわ」

「……私も不眠に悩んでおりましたので、少しでも助けになればという思いからだけだったのですけれど」

話を聞く限り、生徒達からの信頼は絶大のようだ。

私に対してはアレな態度を取るミランダがこれでもかと褒め称えている。

褒められているオドラン子爵夫人は多少恥ずかしそうにしていたが「ところで」と私の方を見て口を開いた。

「アリアドネ様がいらっしゃるのは珍しいですね。四大名家のご令嬢同士、仲良くなられたようで嬉しく思います」

「ああ、違いますわ。セレネさんを招待していたのだけれど、急病で……。なので代理でアリアドネ様が来られたのです」

「まあ、そうなのですね……ですが、お話が盛り上がっていたようではありませんか。外まで楽しそうなお声が漏れていて微笑ましいと思っていたのですよ？」

「彼女は紅茶がお好きとのことだったので、紅茶を飲んでどちらの産地のものか当てるというゲームをしておりましたの。ラナン地方の茶葉だと言い当てられてしまいました」

「凄いですね。本当に詳しくていらっしゃるのですね」

オドラン子爵夫人の言葉にミランダは苦笑する。

笑いものにしようとしていたのに、それができなかったという悔しさを滲ませている。

対してオドラン子爵夫人は私に視線を向けてニッコリと微笑みを浮かべた。

「ラナン地方の茶葉は希少ですけれど、お味の方はいかがでした？」

「特徴の軽い渋みと酸味がほどよいバランスで美味しく感じました」

私の答えにオドラン子爵夫人はどこかホッとしたような表情をした後で満面の笑みを浮かべた。

その表情に違和感を覚えた。

大体、自分の領地のものでもないのに四大名家の令嬢に聞くものだろうか。

「そういえばフィルベルン公爵家はラナン地方の有名な商人と取引がありましたね。だから、味をよくご存じだったのですね」

「ええ」

「どうでしょう？　ご自宅で飲まれているものと違いなどありましたか？」

微笑んでいるはずなのにオドラン子爵夫人の目は笑っていない。

黒目がわずかに揺れている。額が汗ばんでいる。上手く取り繕って隠そうとしているけれど動揺しているのが分かる。

彼女の様子からこれが本当に聞きたかったことだと気付く。

「酸味や渋みに差はあると思いますが、恥ずかしながら私の舌ではそこまで分からなくて……」

「時期によって香りにも違いが出ると聞いたことがありますけれど、大きくは変わらないのでしょうか？」

「早摘みのものはそこまで香りませんね。ですので、こちらもそうなのではと思ったのですが」

「正解です。凄いですね」

私の言葉を聞いてオドラン子爵夫人は安堵の表情を浮かべた。

彼女の態度から私は想定していた二つの内、ひとつを消去する。

匂いに関して質問し、私の答えに安堵したということは、確実にこの茶葉に混ぜられている件についてオドラン子爵夫人が関与している。

だから、中に混入しているものを私が分かったかどうか気になった。確かめようとここに来た。

セシリア皇女や貧民街のことは関係あるかは分からないけれど。

中に混ぜられたものを知って、毒に詳しいという私を味方に引き込もうとするなら安心などしないはず。

私が気付かず表沙汰にならない、計画に支障がないと判断したからホッとした。

平和な日常を送っていたから鈍ったと思っていたが、私の嗅覚はまだ衰えていなかったようだ。

ここまで分かればもうこの場に用はない。

私は軽く微笑みを浮かべながら口を開いた。

「ありがとうございます。もう少しお話ししていたかったのですが、セレネの具合が気になるのでそろそろ失礼させていただきますね」

「ええ。セレネさんによろしくお伝えください」

「もちろんです。またセレネを誘ってあげてちょうだい。それでは」

失礼します、と言って私はその場を後にした。

馬車に乗り、揺られながら私は考えをまとめていた。

たまたまマカレアが入っていただけかもしれないが、特徴を消すケナの葉が入っていたことを考えるとその線はない。

明らかに目的があってマカレアを入れていた。

(わざわざ確認に来たのだから、オドラン子爵夫人が関わっているのは確かよね)

だが、こんなに分かりやすいことをするだろうかという疑問点もある。

オドラン子爵夫人の態度は疑ってくれと言っているようなものだ。

バレないという自信があるのか、バレたところで計画に支障がないからか……。

セシリア皇女の侍女であるデリアの言葉を信じるなら、彼女は旧ラギエ王国の人間。

記憶喪失と言っているが、それを証明するものは何もない。

(旧ラギエ王国の復讐《ふくしゅう》であれば、自分の命と引き換えにして完遂する覚悟があってもおかしくはない……)

エドガーの調査で分かると思うが、手遅れになる前にどうにかしなければ。

何にせよ大きな計画が水面下で動いているのは間違いない。


サロンで茶葉にマカレアを入れたのはオドラン子爵夫人で間違いないだろう。

今日はエドガーに以前頼んだ仕事の報告を聞きに行くところだったから新たに何か分かることがあるかもしれない。

ミアに身支度を調えてもらい私が馬車に乗り込もうとすると、背後から声をかけられた。

「アリアドネ嬢、どちらにお出かけですか？」

「あら、リーンフェルト侯爵ではありませんか」

振り向かなくても声でクロードだと分かる。

テオドールに会いに来ていたのだろうか？

まあ、いい。後日説明する手間は省けるから彼も連れて行こう。

「街で人と会う予定がございまして。そうだ、この後のご予定がなければリーンフェルト侯爵もご一緒しませんか？」

微笑みながらクロードに尋ねると、彼は私の会う人物が誰か分かったのか「ええ」と穏やかに口にした。

「私もアリアドネ嬢にお話ししたいことがありましたので、ご一緒させてもらいます」

「では、私の馬車にどうぞ」

クロードを誘い、周囲に人がいないことを確認した後で私達は馬車に乗り込んだ。

一応、窓をカーテンで覆い、外から見えなくしておく。

「……会いに行くのは情報ギルドのエドガーですか？」

「そうよ。貧民街で起こっている不審死について分かったことがあるということで話を聞きに行くところだったの」

「貧民街のですか？　俺はてっきりオドラン子爵夫人の件でだと思っていたのですが」

「ん？　オドラン子爵夫人の新たな情報があるのかしら？」

私が聞くとクロードは神妙な顔で頷いた。

「テオドールが言っていたのですが、以前オドラン子爵夫人がサロンから出てきたところを目撃していまして」

「よく出入りしているみたいだし、おかしくはないでしょう……」

「それが、周囲を見回してコソコソしていたようで……。不審に思ったテオドールが後を追っていき、離れた場所で彼女に声をかけたようなのです」

「また危ないことを……」

大人しいのに割と行動力がある子だ。

いつか危ない目に遭わないかと心配になる。

……いや、もうすでに一回遭っていたな。

「そこは俺も注意しました。……で、そのときにオドラン子爵夫人から甘い蜂蜜のような匂いがした、と」

「マカレアのような？」

「よく分かりましたね」

言い当てられると思っていなかったのか、クロードは目を丸くしている。

しかし、オドラン子爵夫人が匂いをまとっていたということは納品の時点では混ぜられておらず、後から混入させたということだろうか。

確かに花弁を乾燥させたら一般的な茶葉と見分けはつかない。

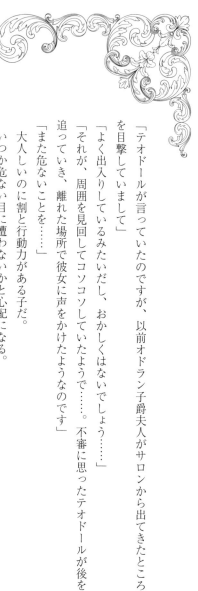

後から入れてもばれない。

「マカレアは毒もありませんし気にすることはないとテオドールも思ったそうです。ですが、その後サロンで飲んだラナン地方のお茶が以前飲んだときよりわずかに甘いように感じたことから、オドラン子爵夫人が混入させたのではないかと」

「不審な行動を見ていたら疑いたくもなるわよね。……というかテオ様、マカレアのことといいやけに詳しいわね」

「姉上には秘密にしろと言われているのですが、二年ほど前から毒の勉強を始めているんですよ」

二年ほど前、というと離宮で私達が誘拐された件か。

あそこで前フィルベルン公爵の罪が明らかになったのだったな。

まさか、そこから毒の勉強をしていたとは。

「姉上の手際の良さと知識に憧れたみたいですね。自分もアリアドネ嬢の手助けをしたい、近づきたいと勉強をしていたんです。その甲斐《かい》もあって二年ほどですが結構な知識を持っていますよ」

「あら、それは将来が楽しみね」

私の言葉が嬉しかったのか、クロードは満足げに頷いた。

……違う。テオドールの話も重要だが、今はそこではない。

ついつい脱線してしまった。

「オドラン子爵夫人の不審な行動とその後を見るに彼女が混入させたのでしょうね」

「だと思います。何のためにかは不明ですが……」

「……ナルキスの抽出液と反応させるためでしょう」

「となると、敵は上位貴族の子供を狙っているということになります」

「一応、上位貴族が日常的に飲んでいるものも調べた方がいいわよ」

「……上位貴族を一掃するつもりだと？」

「分からないけれどね。単純に子供を狙うことで代替わりを遅くするのが目的かもしれないし」

「ですが……本当にやるでしょうか？　二十二年前の事件を知っていれば毒を用いることの危険性は分かっていると思うのですが。それに彼女は帝国と何の遺恨もない西方諸島の出身です。手を染める理由はないはずです」

同じ手を二度も使うはずがないというこちらの意識を利用しているとも考えられる。

それに……。

「そもそもオドラン子爵夫人は西方諸島の出身ではないと思うわ」

「え？」

「覚えているかしら？　セシリア皇女殿下の侍女であるデリアが『空飛ぶ鷹のように視野

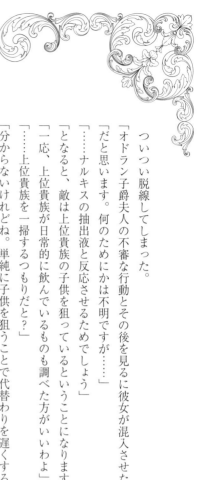

広く、海泳ぐ鯨のように大らかに。本物を見る目を鍛えなさい』と母親が言っていたと口にしていたでしょう?」

デリアと会話したときのことを思い返していたのか、クロードは少し考え込んだ後に頷いた。

「あれは私の母方祖母の母国で使われていた家訓と同じだったわ。家ごとに違うのだけれど、動物に例えて自分達もそうあるべきだというものね」

「姉上の祖母というと……旧ラギエ王国の」

「そう。三十年前に内乱で滅んだ国のね。私は夫人とデリアの母親が旧ラギエ王国から逃げ延びた貴族だと思っているわ」

「待ってください。そうだとしてどうして嘘をつく必要があったんですか?」

「本人達に隠したいものがあったからじゃないかしら? もっともデリアの方はヒントを言っていたことからそうではないと推測するけれど」

あの場であの言葉を言ったのは、クロードに気付いてほしかったからではないだろうか。

実母ではないものの、ベルネット伯爵家にいたのだから私の祖母と交流があったと考えたとか。

実際は交流なんてなかったから、クロードは気付かなかったけれどね。

ただ、そうまでしてもオドラン子爵夫人が嘘をついていることを伝えたかった。

「仲間割れでしょうか？」

「さあ？　さすがにそこまでは分からないわ。けれど、旧ラギエ王国出身ならナルキスを所持していたとしてもおかしくはないでしょうね」

「そんな大それたことをする女性には見えませんでしたが……」

「自分の利益のためなら人はどんな風にでも変わるものよ」

良い方にも悪い方にも。

クロードは何ともいえない顔で黙ってしまったが、タイミングよく馬車が到着したことで話は一旦終わることになった。


護衛とクロードと共にエドガーに会いに行き、応接間に通される。

エドガーはクロードがいたことに一瞬不快そうな表情を浮かべたが、小声で私が説明したお蔭で追い出されずには済んだ。

「では、以前頼んでいたことの報告をしてもらえるかしら」

「リーンフェルト侯爵に聞かれても問題はないの？」

「聞かれて困るようなことはないから構わないわ」

「了解。ならまずラナン地方の茶葉の件について報告させてもらうよ」

そう言ってエドガーから聞かされたのは、ラナン地方の茶葉を学院に納品したのはネルヴァ子爵家だということ。

「貧民街で見かけるようになった薬師の件はどう？」

「かなり難航したけれど、西方諸島の人間だってことは掴んだよ。それに支援している家もね」

「言葉に独特のイントネーションがあって分かったのかしら」

「そんな感じ。で、支援していた家はオドラン子爵家。と言っても実際は子爵夫人が支援していたみたいだね」

点と点が線で繋がるとはこのことか。

なんとなく全容が掴めてきた。

「薬の成分は？」

「実物がここにあるよ。はい」

そう言ってエドガーは薬が入っているであろう薬包紙をテーブルの上に置いた。

確認しようと手を伸ばしかけると、横からクロードが先に取ってしまう。

抗議するように睨みつけると、彼は苦笑しながら肩をすくめた。

「その体に確認させるわけにはいきませんからね。毒に耐性のある俺が先に確認する方が安全です」

「……不満はありますが、まあ構いません」

クロードは薬包紙を開けて中の粉の匂いを嗅いだり、指につけて舐《な》めたりしている。

少しして毒は入っていないと確認できたのか、私に薬包紙を渡してきた。

同じように私も匂いや味を確認する。

「基本は滋養強壮の効果があるものが使われているわね。中にマカレアそれにルカブ……この配合だったら手足のしびれも呼吸器系に影響が出るのも頷けるわ。爪の変化はそういった体調の変化から生じたものっぽいわね」

「ですが、入っている量が少ないですし致死量には至りません」

「多少具合が悪くなる程度だものね。回復しないようにギリギリの分量を入れていた、というところかしら」

「一定期間飲ませた後であれを使うと?」

私はその言葉に頷いた。

エドガーがいるからナルキスの名前を出さないようにしたのだろう。

クロードが配慮できる子に育っていてくれて頼もしい限りだ。

「学院で飲んだお茶にはケナの葉も入っていたけれど、何の毒性もないし他のものと反応もしないから単純にマカレアを体内に入れることが目的のようね」

「ほぼ同時に多くの人に飲ませるにはそれしかないでしょうしね。ということは、オドラン子爵夫人が犯人なのでしょうか」

「混入させたのは彼女でしょうね。指示をしたのはヘリング侯爵だと思うわ」

ヘリング侯爵の名前を聞いたクロードの目つきが鋭くなる。

相当恨みを抱いているようだ。

「あの男はもう七十代なのに元気なことですね」

「あんなプライドの高い男が尻尾を巻いて逃げて、そのままにしておくはずがないもの」

「……確かに。ですがスビア伯爵家にネルヴァ子爵家……その両家が主犯の可能性もあるんじゃないんですか？」

「あり得ないわ」

昔の両家の当主を知っているからこそ、それはないと断言できる。

計画を立てて実行に移せるだけの能力がまずない。ヘリング侯爵に媚《こ》びへつらう姿しか見たことがない小物だった。

率先して危ない橋を渡るような人達ではない。

だからこそ、彼らは今回の計画が上手くいくと信じて表に出たのではないか。

それか全ての罪をあのときの私のようにオドラン子爵夫人に着せるつもりか。

前回上手くいったから、今回も大丈夫だと甘く見たところもあると思う。

「まるで見てきたことのように話すんだねぇ」

楽しそうなエドガーの声に私はハッと我に返る。

そういえば、彼がいたことをすっかり忘れていた。

「……見てきた、と言ったら？」

「ハハハッ！　面白いけど、さすがにそれは無理があるでしょ。とてもじゃないけど信じられないよ」

「冗談よ。当時を知る人から話を聞いたり、私の目で見たりしたことから判断して話しただけ」

「よく観察してるねぇ」

「子供の頃からそういった環境にいたから鍛えられたのよ」

クロードめ、ハラハラしながら私を見るんじゃない。

せっかく誤魔化したのが無駄になるではないか。

笑顔のまま、私はテーブルの下で彼の足を踏んづける。

グッというくぐもった声が聞こえてきたが、こちらを見るのはやめてくれたようだ。

「報告としては以上かしら？　また新たに頼みたいことがあるのだけれど構わない？」

「勿論。うちはアリアドネ様の駒みたいなもんだからな」

「その発言には反論したいけれど、話が長くなりそうだからまあいいわ。……とりあえず旧ラギエ王国から内乱のときに逃げた貴族の情報はもう出揃ったかしら？」

「半分くらいかな。さすがに各国に散り散りになっているから時間がかかってね」

「じゃあ、その半分だけでもいいから先に渡してもらうことは可能かしら？」

私の言葉にエドガーは肩をすくめた。

仕事途中だから渡すのに抵抗があるのかもしれない。

「依頼人のご要望とあればお渡ししますよ」

「本意ではないということが感じ取れる言葉ね」

「当たり前。中途半端なものを渡すなんてプロ失格でしょ。けど、欲しいと言うならそんなプライドは捨てるべきだと思ってね。……ということでこれ」

エドガーは自分の机から書類を持ってきて私に渡してくれた。

私は彼に礼を言い、報酬の一部を渡した。

すると、彼は私の目を見て口を開く。

「ところで、調べてたらへリング侯爵が黒幕っぽいが、そっちは調べなくていいのか？帝国を出てからの足取りとか」

「大体予想はついているもの」

「え!?」

隣から大声を出されて、私は顔を顰《しか》めながらクロードを見上げる。

彼はばつの悪そうな顔をしていたが、言いにくそうに口を開いた。

「二十二年前、ヘリング侯爵と一部の貴族は忽然《こつぜん》と姿を消したんですよ。だからどっち方面に逃げたのかも分かっていなくて」

「ああ、そういうことね。……エドガー、悪いけれど席を外していてくれるかしら？」

「了解。必要のない話は聞かないって決めてるからね」

あっさりと了承したエドガーが部屋を出ていったのを確認すると私はクロードに向かって話し出す。

「地下水路を使って逃げたから追えなかったんでしょうね」

「はい？」

「昔、帝国の地下水路を作ったじゃない。あれの責任者は貴族派の人間だったから、ヘリング侯爵が逃走するときのためにこっそり水路内に作らせたのよ。あと隠し部屋もね」

「……設計図にも地図にも載ってない水路や部屋が存在するんですか？」

「するから言っているのよ。確か王城と学院、貴族の住まう屋敷に繋がっている水路の上流に隠されていたの。突き当たりから地上に出ると近くに港があるからそこから逃げたのでしょうね」

話を聞いたクロードはガックリとうなだれている。

私が生きていれば情報提供して捕まえることもできたかも、とか思っているのだろうか。

「……他に、ヘリング侯爵のことで知っていることはありますか？」

「知っていること……」

私の能力が買われていたから、会合だとかに顔を出す機会はそれなりにあった。

でも、あの当時そこまで興味がなかったからジックリ聞いていないのだ。

ああ、でも毒の件で意見を求められたことは割とあったような、気が……する。

（そういえば、あまりに残酷すぎるから私が適当に理由をつけてできないって言ったことがあった。今考えればその計画に今回のことが似ている……）

だとしたら、水路のことを思い出せてよかった。

欲を言えばもっと早くに気付いていたらヘリング侯爵の策だと見抜けたかもしれない。

アビーが二十二年前の件と似ているという時点で気付くべきだったのに、平和ぼけして見過ごしていた。

……いや、まだ間に合う。

この計画は絶対に事前に止めてみせる。

「以前、ヘリング侯爵から提案されて私ができないと言った計画があるのだけれど……」

声を潜めながら、その計画をクロードに事細かに説明し始めたのだった。

気弱令嬢に成り代わった元悪女

〔第4章〕最後の仕上げ

私から情報を得たクロードや皇帝が着々と準備を整えている頃。

授業の一環で私は午後から帝都内の孤児院にボランティアに行くことになっていた。

私は近頃ある人物が寄付し始めたという、あまり人気のないところに希望を出した。

他の人の目がない場所でその人と個別に会う機会が欲しかったのだが、その孤児院は貧民街に近い場所。

教師やセレネ、テオドールには反対されたが、護衛の数を増やすし短時間にするからと説得した。

ミアによって私の準備は終わっていたが、エドガーから報告書が届いたため書類に目を通していた。

（やはり私の予想通りだったわね。ということは利害が一致した協力関係というところかしら）

エドガーは気を利かせてヘリング侯爵の当時の逃走ルートを細かに調べ上げていた。

最終的に西方諸島に潜伏していたらしい。

そこでオドラン子爵夫人と出会ったのだろう。

報告書には一ヶ月前からヘリング侯爵の行方が分からなくなったと記載されている。

（ヘリング侯爵の性格を考えれば、絶対にあの人はすでに帝国内にいる）

ヘリング侯爵は自分の計画が成功する様を自分の目で確かめたいタイプの人間だ。

二十二年前の毒殺の件だって、彼は会場内の一番良い場所で見学していたのだから。

姿を現すとすると、ナルキスの抽出液を用いて多数の人間を殺そうとする日。

(実行するとしたら剣術大会の日でしょうね)

学院のサロンに西方諸島の茶葉が納入されたのは一ヶ月ほど前。

鍵となるマカレアが入っている量から考えると最低二ヶ月は飲ませなければいけない。

オドラン子爵夫人の好意で希望者には茶葉を分けているとも聞いているから、おそらく毎日飲んでいる人も多そうだ。

一ヶ月後には四年に一度開催される剣術大会が行われる。実行日はこの日で間違いないだろう。

その日は皇室主催の舞踏会が催され、学院に通う子息令嬢達の参加も認められている。

なんとかその日までに捕まえてしまいたい。

(マカレア自体が毒ではないから納入したネルヴァ子爵を捕まえることはできない。せめて学院内から茶葉を一掃したいけれど……)

いっそ私が全て買い取るかとも考えたが、それだとまた別のものにマカレアを混入させて学院に戻ってくる。

何か相手に近寄る手段があればいいのだが。

そう思いながら、私は二枚目の報告書に目を落とした。

(こっちはこの間貰った残り半分の旧ラギエ王国から逃亡した貴族の一覧とその後の動きね……。一家で逃げた人もいれば散り散りになった人達もいたのね)

性別と年齢からオドラン子爵夫人と年齢が近い人達の名前を探していると、ある人の名前を見つけてなぞっていた指を止める。

「……なるほど、そういうことね」

ここでもまた点と点が線で繋がったことに私はニヤリと笑った。

相手に近寄る手段に悩んでいたが、こちらから動けそうだ。

今日のボランティアで何かしらの情報が得られればいいけれど。

ふぅとため息を吐いた私は時計に目をやる。

出発時間が迫っていたので、手紙を机の引き出しに入れて部屋を出た。

いつもよりも多い護衛を引き連れた私は馬車に乗り、貧民街から近い場所にある孤児院へとやってきた。

お世辞にも良い環境とは言いにくいところだ。

以前、エドガーが命を助けられたという院長がいる孤児院とは全く違う。

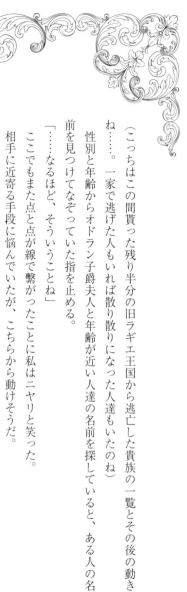

まず子供達の目が暗く、静かなのだ。

子供達は私を見ても騒ぐこともなく、どちらかというと恨みがましい目を向けている。

貴族の気まぐれだとでも思っているのだろう。

若干、居心地の悪さを感じながら私は孤児院の院長から挨拶を受けた。

「このような場所で驚かれたでしょう？　なんせ貴族の方が奉仕で来られるのは初めてですので、子供達も緊張してしまっていまして……」

「今まで一度もないのですか？」

「ええ。こちらは貧民街から近い場所にありますから……。お世辞にも治安もいい方だとはとても……。ご令嬢はどうしてこの孤児院にいらしたのですか？」

「……今の帝国の姿を見たかったから、でしょうか」

本当は情報を得られればという邪《よこしま》な理由なのだけれど。

院長は私のうわべだけの理由に納得したようで満足そうに微笑みを浮かべていた。

「それで、私は何をすればいいのですか？」

「そうですね。まずは食事の準備を手伝っていただけますか？」

「分かりました」

院長に指示され、私は食事の準備や子供達に本を読み聞かせたり、持ってきていた物資を渡したりしていた。

最初は訝しげに様子を窺っていた子供達も私に悪意がないのが分かると徐々に心を開いてくれる。

孤児院であったことや、最近あったことなどを教えてくれる。

そこから分かったのは子供達の親の中に不審死を遂げた人が複数存在していたこと。

身寄りがなくなって近くにあったこの孤児院に来たのだという。

「かなしかったけど、お姉ちゃんがたまに来てあそんでくれるからさびしくないよ」

「お姉ちゃん？」

「うん。お城で働いているんだって。ご飯とかおようふくとかくれるの」

「寄付されているなんて、お優しい方なのね」

心優しい人がいるものだと思って言うと、子供達は笑顔で何度も頷いていた。

すると子供の一人が門のところを見て「あ、きた！」と声を上げて走っていく。

子供の向かっていった先に目を向けると、門の付近でこちらの様子を窺っているフードを被った女性がいた。

私と目が合うとフードを少しずらして自分が何者かを教えてくれる。

（やはり来たわね……。良い情報をくれることを願っているわよ、デリア）

隠しきれない笑みを浮かべ、私はデリアに近寄っていく。

私が来ていることに気付いた彼女は深々と頭を下げてくる。

彼女の目的を聞こうと思い、私は声をかけた。

「子供達からお話を伺ったけれど、たまに孤児院にいらっしゃるようね」

「あ……はい。私も孤児でしたので気になってしまって……」

「他にも孤児院はあるのに、どうしてこちらに？」

「貧民街から近い場所なので、支援があまり行き届いていないのが気になってしまって」

「確かに私の目からもそのように見えるわ」

一見するとおかしな理由ではないが、デリアの落ち着きのなさを見ると本当のことは言っていないのだろう。

私の時間も限られていることから本題に入ろうと口を開く。

「少し二人でお話がしたいのだけれど、お時間大丈夫かしら？」

「大丈夫です。私もアリアドネ様とお話ししたいと思っていましたので」

「それはよかったわ。では、中で待っていてくれるかしら」

少しばかり子供達の相手をした後、私はシーツの交換をしてくると言って孤児院の中にある部屋に入った。

中にはデリアがすでにおり、さてどうやって切り出そうかと思っていると彼女の方から先に声をかけられた。

「アリアドネ様はリーンフェルト侯爵と親しいのですか？　あの、一緒にいらっしゃることが多いので……」

「過去の狩猟大会のときから気にかけてくださってるわね。特別に親しいわけではないけれど、他の令嬢よりは親しいと思うわ」

「リーンフェルト侯爵とお会いする機会も多いのですか？」

「他の方よりは多いと思うけれど」

私の答えにデリアは膝の上に置いていた手をぎゅっと握った。

地面を見ていた目が動き、私に視線を合わせてくる。

何かを決意したような目であった。

「では、こちらをリーンフェルト侯爵に渡していただくことは可能でしょうか」

デリアは腕につけていたブレスレットを外して私に渡してきた。

小さく品質の悪いルビーがはめ込まれたシンプルなブレスレット。

私はそれを見て、やり方が全く変わっていないなと思った。

そうして、この日を境に物事は大きく進展することになるのだった。

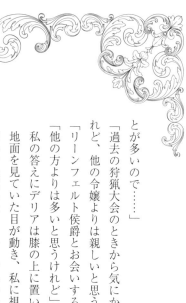

数日後、授業が終わり寮の自室へ戻った私にある知らせがもたらされた。

神妙な顔をしたミアが言いにくそうに口を開く。

「セシリア皇女殿下の侍女、デリアさんが行方不明になったようです」

「……本当に？」

「ええ。皇都の門番が郊外に出ていく彼女を見たそうです。けれどそれ以降行方が分からなくなったようで……」

「そう……。あれだけ慕っていた侍女がいなくなったなんて、セシリア皇女殿下は大丈夫かしら？」

「屋敷からの話ですと随分と気を落とされているようです。食事も喉を通らないみたいで……」

デリアの件は前日の夜にエドガーからの報告で知っていた。

すでにクロードや皇室騎士団の間で準備は整っており、彼女の件が起こり次第計画がスタートする手筈《てはず》になっている。

クロードや皇帝が動き始めるだろうから、私も逃がさないように畳みかけよう。

「では、セシリア皇女殿下にお会いしてくださるよう皇太子殿下にお願いしてみるわ」

「そうされた方が良さそうですね」

「面倒を見ていた子がいなくなったことでオドラン子爵夫人も気落ちしてらっしゃるだろうし……。一度お話ししないといけないわね。サロンを貸し切ってもらえるかしら？」

「すぐに準備致します」

よろしくね、と伝えて私は寝室に入り、エドガーとクロードに諸々の指示を記した手紙を書いた。

前日の夜から待機させてある伝書鳩《でんしょばと》に手紙をくくりつけ、それぞれの元に送り返す。

「それじゃあ、全部終わらせましょうか」

事前に用意してあったある薬を引き出しから出した私はフッと笑う。

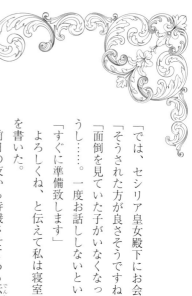

それから数日後。
学院が冬休みに入り、生徒達が領地や帝都の屋敷に戻ろうと慌ただしく過ごしている中、私はサロンへと足を向けていた。
ミアに頼んでサロンを貸し切りにしてもらい、事前に使用人をエドガーとクロードの手の者に入れ替えておいた。

（セレネとテオ様はすでに学院を出た後だから、思う存分やれるわね）

さすがにこれからやることを見せるわけにはいかない。

ヘリング侯爵らを一網打尽にする絶好の機会。クロード達もいつでも実行に移せるという連絡を先ほど受けた。

デリアのためにも勝たなければいけない。

すでに個室には私が呼び出した相手が到着している。

（悪女になるのは久しぶりだけど上手くいくかしら）

まあ、性根がそうなのだから心配することはない。

呆れたように笑った私は扉をノックして、個室へと入っていく。

「遅れてしまったでしょうか？」

「いえ、私も先ほど参りましたので大丈夫です」

「よかったです。今日は急なお誘いにもかかわらず、おいでくださってありがとうございます」

ニコリと微笑むと、私が呼び出した相手であるオドラン子爵夫人はとんでもないといった様子で首を振った。

そう、私は今日彼女の化けの皮を剝がすために呼び出したのだ。

全ての準備は終えている。後は彼女を陥れるだけ。

そんな気持ちはおくびにも出さずに私は椅子に腰掛けた。

給仕に紅茶を淹れるようにお願いし、軽く世間話から始める。

「この間、デリアさんが行方不明になられたと伺いました。オドラン子爵夫人はどれほど落ち込んでいらっしゃるのかと考えると胸が痛む思いでいっぱいです」

「そうですね。急なことでしたので驚きました。どうやらよろしくない男と仲良くなって駆け落ちしたようだと……。相手は金目当てだったと噂されておりますし、生きているかどうか……」

まあ……と言って私は手で口元を押さえた。

好きに言うものである。

「それではデリアさんはもう殺されていると？」

「その可能性は高いと思います。ああいった人と付き合うのはやめるように以前から注意してはいたのですけれど。残念なことです」

面倒を見ていた子が行方不明になったというのに、オドラン子爵夫人は全く悲しむ様子を見せない。

いや、表面上は悲しんでいるが、嘘を言って悪意をまき散らしている。

自らの罪から逃れるためか印象操作をしようとしているのだろう。

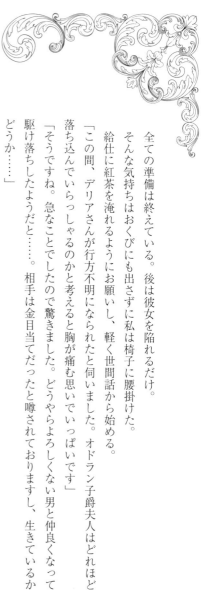

人払いもして部屋には私と彼女の二人だけ。

給仕が淹れた紅茶をオドラン子爵夫人がある程度飲んだところで、私は計画を始めさせてもらった。

「ところで……オドラン子爵夫人とデリアさんは西方諸島のご出身でしたね」

「そのときの記憶がないので、はいとは言いきれませんが、おそらくそうだと」

「以前、デリアさんが仰っていたのですけれど『空飛ぶ鷹のように視野広く、海泳ぐ鯨のように大らかに。本物を見る目を鍛えなさい』と亡くなったお母様から聞かされていたようです。私の記憶ですと、動物を家訓に入れるのは旧ラギエ王国の貴族の特徴。もしかしたらオドラン子爵夫人は旧ラギエ王国の方なのではないでしょうか？」

「あ、あら……そうなのかしら？」

明らかに動揺し目が泳いでいる。分かってはいたが、記憶喪失というのは嘘なのだな。

「それで気になって旧ラギエ王国から内乱時に脱出した貴族を調べてみたのです。そうしたらバート伯爵家のご令嬢と十六歳の使用人が内乱の中盤あたりで国外に出ていたのです」

「まあ……」

平常心を装っているがカップを持つ手が震えている。

もう少しつついてみるか。

「ご令嬢のお名前はクラウディアさんで使用人の名前はノラ。バート伯爵家は紋章に鷹を用いておりました。デリアさんが母親の形見として持っていたペンダントに鷹が描かれていたのを以前見たことがあります」

「そんなはずありません……！　あれは一緒に流されたはず！」

言ってからしまった！　というようにオドラン子爵夫人は表情を歪めた。

思った通りの反応をしてくれたことに笑いそうになったが、抑えて話を続ける。

「デリアさんに母親の年齢と名前を伺ったらクラウディアさんと合致しましたし、使用人の少女の年齢とオドラン子爵夫人の年齢も合っております。おそらく、ご出身は旧ラギエ王国なのではありませんか？　そうして何らかの事情により貴女は主人であるクラウディアさんと立場を入れ替えた」

「まさか……。そんなはずはありません。当時私が身につけていたのは西方諸島の服でしたもの」

「脱出後の動きも調べたのですが、西に移動して西方諸島にしばらく滞在していたみたいですね。そこでクラウディアさんはデリアを出産なさったと。また、そのときにオドラン子爵夫人はある人と接触しておりますよね？」

正直私は貴族と使用人が入れ替わったことは重要だとは思っていない。

西方諸島で接触した人物、その人が重要なのだ。

「その人からアラヴェラ帝国に潜入してある程度の地位についてほしいと言われたのでは

ありませんか？　そして貴女はそれを利用しようと考えたのでは？」

「い、いい加減なことを言わないでください！　何の証拠があってそんなことを言うんですか！」

「ナルキス」

私が一言そう言うと、オドラン子爵夫人はピタリと動きを止める。

額に汗が滲んで口を動かしながら声にならない声を上げている。

ナルキスがどのような効果を持つものか知っている反応だ。

「旧ラギエ王国の内乱時に絶滅したと言われておりましたが、あるところにはあるのですね。まずは貧民街で実験して効果を確かめた後にセシリア皇女殿下に使ったのでしょう。途中でリーンフェルト侯爵が出てきたから手を引いた」

区切ってチラリとオドラン子爵夫人を見ると手は震え、もの凄く顔色を悪くさせていた。

薬が効き始めているのだろう。良いことだ。

「次に狙ったのは学院に通う子息令嬢達ですね。セシリア皇女殿下のときと違って内部に貴女の協力者を潜ませることはできなかったので、今度は貴女がマカレアを混ぜなければいけなかった」

「違う！」

「実際に不審な動きをして甘い匂いを漂わせていた貴女がサロンから出てくるのを見た人

がいるのです」

「違う！　違う！」

薬のせいもあって半狂乱になるオドラン子爵夫人に構わず私は次の手を打つ。

「紅茶の入ったティーポットの中身を見てみてください」

微笑みながら言う私に誘われるように、オドラン子爵夫人は恐る恐るふたを開ける。

「ヒィッ！」

ふたを落としたオドラン子爵夫人は青ざめた表情でよろめいた。

けれど踏ん張る力がなかったのか、彼女はそのまま床に崩れ落ちて手を突いた。

息は荒く体も思うように動かせないのだろう。

「驚かれました？　中身はマカレアとマカレアの抽出液をたくさん入れたお茶なのです。ついでに中に軽く毒も混ぜてみました。そろそろ体の自由がきかなくなる頃ではありませんか？　久しぶりだったので量を間違えたのか、効くまでに時間がかかってしまいました」

「な、何をっ……」

実際は毒ではなく、痺《しび》れと興奮作用のある植物を組み合わせて入れただけだ。

持続性はそれほどないし、人体に影響がないのは確認している。

中にあるマカレアも抽出液も嘘。似たような茶葉を入れておいただけ。

動揺して正常な思考ができない状態なら、甘さや蜂蜜のような匂いがしないことに気付けないだろうし、そうなるように薬を入れておいた。

縋《すが》るような目で私を見上げるオドラン子爵人を無視して、私は液体の入った小瓶をテーブルの上に置いた。

「この小瓶ですけれど、中身はナルキスの抽出液です。貴女ならこの意味が分かりますよね？」

椅子に座り、足を組んだ状態で見下ろす私はさぞや恐ろしいことだろう。

混乱していても私の言った言葉の意味が正しく理解できたのか、オドラン子爵夫人はブルブルと震えている。

「こ、このくらいの量で死ぬわけが」

「マカレアの抽出液も入れたと言いましたよね？　薬をそのまま入れるよりもより多くの量を摂取させられるんです。通常の倍以上の量を入れているので、このナルキスの抽出液を飲めば死に至ります。バレないようにかなり苦い茶葉を使用しましたの」

見る見るうちにオドラン子爵夫人の表情が青ざめる。

今、毒に犯されていると誤解している彼女からしたら、私が嘘を言っているとは微塵《みじん》も思わないはずだ。

けれど持続性はないから、そろそろ彼女を拘束しなくては。

「……最後の力を出されても困るわね。入ってきなさい」

私は外に待機させておいた護衛を呼び入れた。

護衛にオドラン子爵夫人の足を縄で厳重に拘束するように命じ、再び外に待機させる。

何の武術の嗜《たしな》みもない彼女は、症状がなくなったとしても薬の影響が残っている状態で逃れることはできない。

念のために身体検査をして武器の類いがないことも確認しておいた。

これで一番重要なことを告げられる。

「今の貴女は体の自由を奪われた身。これを口に入れることなど今の私にはたやすくできるわ」

小瓶を揺らしながら尋ねる私は満面の笑みを浮かべている。

やはりこういったことの方が性に合っているのかもしれない。

「何が、目的なのよ……」

「最初はヘリング侯爵が計画し、駒に実行させていると思っていたわ。けれど、貧民街で実験していたと聞いて疑問に思ったの」

「は？」

「私の知る侯爵は一度失敗した策は絶対に使わない人だった。慎重で絶対に成功すると確信しない限り動くことはなかった。たとえ年を取ったとしても、自分が関与していることをこんなに簡単に匂わすはずがない。だからおかしいと思ったのよ」

「な、にを言いたいのよ」

「確かに彼はこの件に関わってはいるでしょう。計画もしたと思うわ。けれど途中で別人によって彼の手を離れ、本来の道から逸《そ》れてしまったのではないかしら。ヘリング侯爵は知らずに利用されたと考えたの」

ジッとオドラン子爵夫人の目を見つめる。

彼女は息を荒くさせながらも視線を彷徨《さまよ》わせて身の振り方を考えているようだ。

案外余裕があるなと思った私は立ち上がって彼女に近寄り、頬を摑んで口を開けさせる。

片手で小瓶のふたを開けて、口の上に持っていき傾けてみた。

目を見開いた彼女は小刻みに震えながら「言うから！」と絶え絶えに叫んだ。

「じゃあ、手は離して差し上げるわ。さあ、早く言いなさい」

「く、黒幕はデリアよ」

呆れた。

この期に及んでまだ自己保身に走るのか。

「デリアを攫《さら》ったのは貴女でしょうに」

「違うわ！」

「あら、そうなの？　貴女がデリア殺害の依頼をならず者に依頼したという証拠があるのだけれど？」

「なっ！」

「こちらは全て分かっているのだから下手な言い訳はやめなさい。見苦しいだけよ」

わなわなと震えるオドラン子爵夫人を私は無表情で見下ろす。

彼女は私が何をどこまで知っているのか探るような目で見てくる。

ならば、全て言ってあげようではないか。

「元々、貴女には二つの目的があった。デリアの母親を殺害した件が表に出ることを恐れて彼女を殺害したかった。そして旧ラギエ王国を見捨てたアラヴェラ帝国への復讐」

「……なんでそれを」

「セシリア皇女殿下に毒を入れた件でハイベルク王国を陥れて両国の友好関係を悪化させたかった。そしてヘリング侯爵を使って帝国の貴族の子供達を殺害して国内を滅茶苦茶《めちゃくちゃ》にしたかったのでは？　全ての罪をヘリング侯爵に被せてね」

「………………」

「そのようなことをしても旧ラギエ王国が戻ってくるわけでもないのに……。愛国心があるのはご立派だけれど、現実が見えていないのね」

「帝国の人間が何を偉そうに！　あんたらは全員死んで詫《わ》びなきゃいけないのよ！」

激昂し必死の形相で私を殺しそうな勢いだ。

愛国心の強い女性だとは思っていたが、煽って正解だった。

予想通りの反応に私は満足する。けれど、結局それはオドラン子爵夫人の独り相撲なのだけれど。

「だからといってセシリア皇女殿下に毒を飲ませたのは悪手でしょう。彼女はまだ幼い子供なのに」

「何が子供よ！　我が国が内乱で苦しんでいるときに援軍も送らずに見捨てた大罪人の孫じゃないの！　なのに、大事にされてぬくぬくと生きているなんて我慢できないわ。だから私が代わりに罰を与えてやったのよ……！　当然の報いだわ」

そんな自分勝手な事情に幼いセシリア皇女を巻き込んだのか。

ならば皇帝や皇后を狙えばよかったのに、身を守る術を持たない子供を選ぶところが卑《ひ》怯《きょう》すぎる。

今だけアリアドネ・ベルネットに戻れないかしら？

そうしたら今すぐにこの女の息の根を止めてやれるのに。

「皇太子も始末してやろうとしていたのに、警戒してサロンに来もしない。だから貴族の子供を大量に殺せば死んだ同胞が報われる！　ハイベルク王国になすりつけることなんて簡単だからね。あんたさえいなければできたのに邪魔しやがって……！」

本当にどうしようもない最低のクズだ。

こんな女に感情を揺さぶられてどうする。

殺す価値もない人間に怒ったところで無意味だ。

オドラン子爵夫人のお蔭で多少は冷静さを取り戻せた。

私は私のやるべきことをやらないと。

「……だって貴女、分かりやすすぎるんだもの」

「どこがよ！」

「極端に善人ぶるからボロが出るのよ。中身が伴っていないのだから、ある程度でやめておけばよかったのに聖女だなんだともて囃《はや》されるくらいにするから。自分をヘリング侯爵の駒に見せたいから間抜けなふりをしていたのでしょうけれど、わざとらしくて白々しいのよ。裏に何か抱えているのなんてすぐに分かる」

「馬鹿にするんじゃないわよ！」

「ちょっとカッとなったら元の言葉遣いが出てくるあたり、どうしようもないわね。感情のコントロールも状況判断もまともにできないなんて。よく今まで生きてこられたと思うわ」

「ガキが何を偉そうに！　長年、周囲の目を欺いていた私の方があんたよりも優れているのは間違いないんだから」

それはない。

だとしたら私に気付かれずに計画を実行できたはずなのだから。

ふたの開いた小瓶をテーブルに置いた私がため息を吐き出した。

すると同時に、部屋の扉が勢いよく開く。

大きな音を立てて開いた扉の奥から怒っているような凄い形相の女性が飛び込んできた。

彼女を見たオドラン子爵夫人は蹲《うずくま》りながら驚きで目を見開いている。

「デ、デリア……」

まさか行方不明になった人間が目の前に現れるとはオドラン子爵夫人は思ってもいなかっただろう。


「このブレスレットはリーンフェルト侯爵に渡すけれど、他に話があるのではなくて？」

私の言葉にデリアはおずおずとフードを脱いだ。

緊張した面持ちの彼女は不安そうに私を見ていた。

「フィルベルン公爵でもなく、リーンフェルト侯爵でもなく、ただの学生の私に言うということは何か伝えてほしいことがあるのでしょう？」

「そうです。あのお二人ですとすぐにあの方々の耳に入ってしまいますので……。言いたくても言えなくて」

「それで大して影響力がないと思われている私のところに来た、というわけかしら？」

「影響力がないなんてとんでもございません！　アリアドネ様は現存する貴族で最も皇族に近い方ですのに」

嘘を言っているようには見えない。

セシリア皇女の元にまで私の噂は届いていないのかもしれない。

「……アリアドネ様を利用するみたいで大変申し訳なく思うのですが、他に方法が見つからずに……」

「私としてもオドラン子爵夫人について貴女に話を聞きたいと思っていたから問題は何もないわ」

オドラン子爵夫人の話を出した途端、デリアの目に怒りの感情が浮かんだ。

幼いデリアを保護して育てたという話だったが、私の知らない何かが二人の間であったのだろうか。

（私の仮説通りなら恨んだり憎んだりするのも分かるけれど……それだけじゃない気がするのよね）

それだけデリアのオドラン子爵夫人に対する憎悪は根深いものがあると感じた。

「時間もないし単刀直入に言うわ。貴女は何をどこまで知っているのかしら？」

「……お答えする前にひとつよろしいでしょうか？」

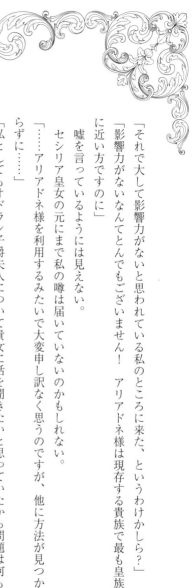

「あら、交換条件？　貴女の持っている情報がそれに値するならばいいわよ」

「ありがとうございます。……私の知っている情報は全て出します。ですので私を助けてほしいのです」

助けを求めてくるということは、仲間割れでも起こしたのだろうか。

「セシリア皇女殿下をフィルベルン公爵邸で静養させる件のことがバレてヘリング侯爵から命を狙われていると？」

「いいえ。私を殺そうとしているのはヘリング侯爵ではなくオドラン子爵夫人です」

「あら、そうなの」

「…………驚かないのですか？」

私があまりに落ち着いているからか、デリアは目を丸くしている。

オドラン子爵夫人の二面性についてはあるだろうと思っていたからさして驚きはない。

臆病で慎重な人だという印象だったから、随分と大胆なことをするものだとは思ったけれど。

「初めて言葉を交わしたときから胡散臭い方だと感じていたのだもの。ああ、やはりね……という感情しかないわ」

「アリアドネ様が気付いていらっしゃったのなら話は早いです。オドラン子爵夫人は自分の過去の犯罪を隠すために私を殺そうとしているのです」

「過去の犯罪？　貴女のお母様と立場を入れ替えたことくらいで？」

なぜそこまで知っているのか、というようにデリアは言葉を失っている。

全部エドガーが調べてくれたことなのだけれどね。

あの報告書にはデリアの母親であるクラウディア・バート伯爵令嬢と使用人のノラ、という名前が記載されていた。

以前、デリアから母親の名前がクラウディアだと聞いていたのですぐに分かったのだ。

それにシルヴィアがアビーだった件もあって、オドラン子爵夫人の名前が今と違うのでは？　ということにも気付いたのである。

だから入れ替わったのだろうと思っていたというだけだ。

冷静な私の視線を受けたデリアは、悔しそうに口を開いた。

「いいえ、入れ替わったことだけではありません。あの女は母を……殺したのです」

「それはオドラン子爵に保護される前の豪雨災害があった日、かしら」

「そうです。豪雨に見舞われて洞窟に避難しておりました。夜中に目覚めたら二人の姿がなかったのです。心細くて探していたら、あの女が母を増水した川に突き落としたところを目撃しました。私は隠れた場所からそれを見ていることしかできませんでした……。気付かれたら私も殺されると思って、怖くなって洞窟の中に逃げ帰ったのです」

母親を見殺しにしてしまった罪悪感もあるのだろう。

苦しそうにデリアは当時のことを教えてくれた。

しかし、入れ替えた立場を守るために人を殺すとは……。

いや……私も人のことは言えない。攻める立場にはない。

「ということは、その現場を貴女が見たとオドラン子爵夫人は気付いたということなのかしら？」

「子供だったから覚えてない、記憶が曖昧だと思っていると思います。ですが、セシリア皇女殿下の飲む紅茶の茶葉に混ぜろと命じられたものを私が入れなかったことで不信感が強くなったのだと思います」

「あれは貴女が入れていたの？」

「いいえ！　誓ってそのようなことはしておりません！　皇族の方が口に入れるものに何かを混ぜるなどできないと断りました。そうしたら、別の者に命じたようでどんどんセシリア皇女殿下の具合が悪くなって……」

下を向いたデリアは膝の上に載せている手をギュッと握った。

セシリア皇女に対する忠誠心の強さが窺える。

「きっと良くないものを入れたのだと分かり、誤って茶葉の入った瓶を落としたり捨てたりしていたのです。おそらくそれを他の者から聞いて私が邪魔になったのでしょう」

「記憶はないだろうけれど、いっそ殺して過去を知る人間を消したいのでしょうね」

「だと思います。ですが、私はこのまま死ぬわけにはいかないのです。あの女の思い通りにさせることはできません。母の無念を晴らしたいし、セシリア皇女殿下をお守りしたいのです」

「なるほどね。話はよく分かったわ」

言葉に嘘がない。デリアが言っていることは全て事実だろう。

クロードや皇帝の計画は近々実行されるし、オドラン子爵夫人は私が直接対峙した方が良いかもしれない。

何より、デリアは本当に心の底から母親を、セシリア皇女を大事に思っている。

その気持ちに応えたいと思った。

「貴女を助けるわ」

「本当ですか!?」

「ただし、貴女には身を潜めてもらう必要があるの。行方不明あたりがいいと思う」

「かまいません。あの女を追い詰めることができるのであれば、私のことは如何様《いかよう》にでもお使いください」

「分かったわ。では、近日中にやりましょう。あちらが動く前に貴女を保護するわ。フィルベルン公爵に話を通しておくから、うちの屋敷で身を隠していてちょうだい」

「畏まりました」

ありがとうございます、と言ってデリアは私に深々と頭を下げてきた。

戦う術を持たない人が何かを変えようと立ち上がるのは勇気のいることだと私は知っている。

彼女は私が思うよりもずっと強い人だ。

凄いなと微笑みを浮かべていると顔を上げたデリアと目が合った。

「……アリアドネ様は本当に十四歳なのですか？　仰ることや立ち居振る舞いが大人びていて、まるで年上の女性と話しているように錯覚してしまいます」

「色々とあって精神年齢が大人なだけよ。それよりもそろそろ戻らなくていいのかしら？」

「あっそうでした」

フードを被り慌ててデリアは立ち上がる。

助けてもらえるという安心感で気が緩んだのだろう。

「帰りは念のために護衛を潜ませておくわ。明日に使いの者が行くと思うから言う通りに行動してちょうだい」

「分かりました。よろしくお願い致します」

深々と頭を下げたデリアはその場を後にしたのだった。

デリアはオドラン子爵夫人に目もくれず、テーブルに置かれている小瓶を勢いよく取ると片手でふたを開ける。

そのまま這《は》いつくばっているオドラン子爵夫人の顎を摑んで口を開けさせると、小瓶の中身を彼女の口に無理やり入れて飲ませた。

無理な体勢だったので気管にでも入ったのだろう、彼女は咳き込み、地面に突っ伏している。

それを見てデリアはその場にへたり込んだ。手が震えているところを見ると我に返ったのかもしれない。

しばらく呆然《ぼうぜん》としていた彼女だったが、一向に死ぬ気配のないオドラン子爵夫人の様子に気付き私を見上げてきた。

「その中身、ただの砂糖水よ」

「なっ！」

「本物はこちらよ」

新たに取り出した小瓶をデリアの前でヒラヒラとさせてみる。

苛立ちを見せた彼女ではあったが、腰が抜けているのか奪おうという動きは見せない。

まあ、これも偽物なのだけれど。

「デ、デリア……お前……！」

蹲《うずくま》りながらもオドラン子爵夫人はデリアに向かって憎悪の目を向けていた。

「なんでっ……生きて……！　やっと死んだと、思った……のに」

「貴女が私を殺そうと動き出したので、リーンフェルト侯爵とフィルベルン公爵に助けていただいて、行方不明にしてもらっていたのよ」

「じゃあ……あの報告は」

「貴女が依頼したならず者はとっくに捕まっているわ。貴女に報告したのはこちらの手の者よ」

私の言葉にオドラン子爵夫人は絶句している。

私達の手のひらの上で踊らされていたことをようやく理解したのだろう。

「こちらとしては貴女から聞きたい情報は全て聞き出せたし、夫人の屋敷に匿《かくま》っている薬師を確保するために今動いている。スビア伯爵家並びにネルヴァ子爵の家宅捜索もされているでしょうね」

ここまで言ったところでオドラン子爵夫人は私を馬鹿にしたように笑った。

「あの方を見つけていないじゃないの……！」

「どうせ水路の隠し通路の先にある部屋にでもいるのでしょう？」

途端にオドラン子爵夫人は笑みを消す。

水路の隠し通路のことが皇帝達にバレていないのはスビア伯爵家とネルヴァ子爵から聞いているだろうし、地上にいるよりは安全だと考えてもおかしくはない。

昔の貴族派、その中でも信頼に足る人物しか訪れることができなかった場所。

それが水路の隠し通路の先にある部屋だ。

あとはエドガーにスビア伯爵家、ネルヴァ子爵が関係している家が空き家や倉庫を購入していないか、人の出入りがないか調べてもらった。

結果、隠し通路の先にある部屋に潜伏している可能性が高いと分かったのだ。

「今頃、スビア伯爵家、ネルヴァ子爵が所有している空き家や倉庫に騎士団が到着しているでしょうし、隠し通路の先の部屋にも行っているわね」

「ど、どうして」

「剣術大会のときに何かをするのを分かっていて待っていると思ったのかしら？　分かった時点で動いて捕まえるに決まっているでしょう？　貴女、帝国のことをあまり舐めない方がいいわよ」

とは言っても、私がしていることはただの時間稼ぎにすぎないのだけれど。

オドラン子爵夫人が身動きの取れない状態にしておかないと、連絡されて逃げられては困る。

私の役割はそれだったのだが、デリアの話を聞いて少しだけ彼女に協力しようとも思ったのだ。

だからここからはデリアのターン。

チラリと彼女を見ると手の震えは収まっており、オドラン子爵夫人への怒りが再燃している。

一応釘を刺しておくかと私は口を開く。

「殺さない限りはお好きにどうぞ」

「こいつは母を殺したんです……！　地獄に落ちてもいいから、同じ目に遭わせてやりたいのです！」

「気持ちは分かるけれど」

「母が望んでいない、悲しむと止めるおつもりですか？」

「いいえ。貴女がしたいのは母親の敵討ちではなく、自分から母を奪ったその女に対する報復でしょう？　だとしたら殺すだけでいいのかしら？」

え？　と不思議がるデリアに私はなおも話しかける。

「死ぬのなんて一瞬よ。それなら死にたいのに死ねないくらいの苦しみを与えた方がよほどいいとは思わない？　どうせ彼女は今回の件で処刑、よくて死ぬまで地下牢《ちかろう》に幽閉され

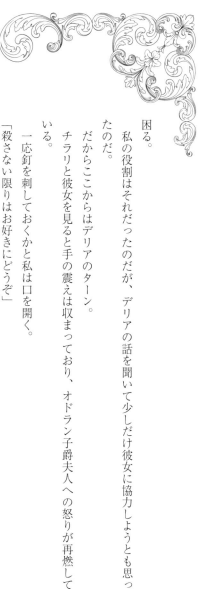

るのだから」

「でも」

「苦しむのが一瞬で貴女の気が晴れるのかしら？　貴女の恨み憎しみはそのようなものではないでしょう？　苦しみに悶《もだ》えて床を這いつくばっている姿をご覧なさいな。無様でしょう」

そっと私から視線を外し、ゴミでも見るような目でオドラン子爵夫人を見つめている。

私が処刑だの言ったせいか、オドラン子爵夫人は怯えて震えていた。

その姿を見てデリアは多少落ち着きを取り戻したようで、深呼吸をしている。

「確かに、このような人間相手に私が手を汚す必要はございませんね。落ち着かせてくださりありがとうございます」

「構わないわ。それよりも、彼女に対して何か言いたいことはないの？」

「山のようにございますね」

苦笑したデリアの目は再び険しいものとなる。

そうして口を開いた。

「二十年前のあの日、なぜ母を川に突き落としたのですか？」

当時を思い出したのか、苦しそうに表情を歪めている。

違うと言いたげにオドラン子爵夫人は首を横に振っていた。

だが、目が泳いでいるところを見ると話は事実なのだろう。

「私は現場を見ておりました。子供ながらに姿を見られたら私も殺されると思い、すぐに洞窟へと戻って寝たふりをしていただけです。でも、その女が戻ってきたのは翌朝。オドラン子爵達を連れて戻ってきたのです。雨で濡《ぬ》れていたので外に出ていたことがバレると思っていたのでそこは幸いでしたけれど」

「命だけは助けてやったのに……！」

「オドラン子爵に取り入るためなら母を殺す必要はなかったはずです。どうして……」

オドラン子爵夫人の言葉には反応せず、デリアは真っ直ぐに彼女を見つめている。

その視線に押されたのか彼女はグッと言葉に詰まっていた。

けれど、観念したのか理由を話し始める。

その内容はひどく自己中心的なものだった。

「あいつは……ラギエ王国の復讐なんて馬鹿なことはやめろと言ったのよ。信じられる？　貴族として国を支える立場の人間なのによ？　子供と慎《つつ》ましく生きていくことが国のためになるなんて言って……！　ラギエ王国のために死ねないのなら存在する価値なんてない！　だから殺したのよ！」

「……そんな下らないことで」

母親が殺された理由にデリアは心底呆れた様子で吐き捨てた。

何の罪もない母親を亡くしたのだ。彼女の気持ちは晴れるどころかモヤモヤが残るだけだろう。

真実を知れて良かったのか、知らずにいた方が良かったのか……。それは本人にしか分からない。

脱力しているデリアを見て話が終わったところで、私はテーブルの上にあったベルを鳴らして護衛を呼んだ。

すぐに入ってきた護衛達は床に横たわるオドラン子爵夫人を拘束する。

「毒のことなんて詳しくないって言ってたのに……！」

拘束されながらオドラン子爵夫人は憎らしげに私を睨みつけてくる。

悪態をつけるまでに冷静さを取り戻したのか。

「自分の手札を早々にばらす愚か者がどこにいるのよ」

「それでも貴族令嬢、それも四大名家の令嬢が子爵夫人に毒を盛ったことはなかったことにはできないわよ！」

「毒なんて盛ってないわ。私はただ興奮剤と痺れが出る薬を入れただけだもの。別に死ぬようなものではないし、短時間効果が出るだけで人体に影響もないわ」

「……何なのよ。あんた何なのよ……！」

まるで化け物でも見るような目で私を見てくるではないか。

……確かに十四、五歳の子供が持つ知識ではないけれど。

「子供だからと甘く見た貴女の落ち度でしょう。連れて行ってちょうだい」

護衛に指示をしてオドラン子爵夫人は半狂乱になりながら引きずられるように部屋を出ていった。

静かになった室内で私はデリアにチラリと視線を向けた。

「情報提供感謝するわ」

「いえ……私も助けていただいてありがとうございます。セシリア皇女殿下に毒を盛った件を見逃していた点について罰を受ける覚悟はあります」

そう言って私を見るデリアは死を決意した目をしていた。

あの孤児院で私に助けを求めてきた日と同じ目だった。

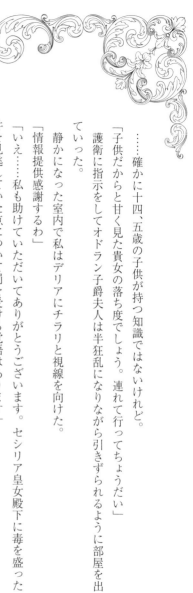

〔第5章〕過去の清算と未来

オドラン子爵夫人を見送った後で、護衛と一緒にデリアをフィルベルン公爵家に送り届けた。

寮の部屋に戻った私は、夜にエドガーから全てのことが上手くいったという報告を受け取る。

地下水路の隠し部屋にいたヘリング侯爵を捕まえて、スピア伯爵とネルヴァ子爵の身柄も拘束したという。

その中には私とクロードの父親であるベルネット元伯爵の姿もあったという。

あちらの準備が整う前に突入したから、帝国側に大きな被害もなく済んだとのこと。

ヘリング侯爵が大人しく捕まるなんてと思ったが、年齢も年齢だし勘は鈍っていたのかもしれない。

だが、これでようやく二十二年前の皇族貴族毒殺事件の真相が明かされる。

どこかホッとしたような気持ちが私の中にあった。

もう終わったことだと自分では思っていたが、やはり思うところはあったようで落ち着かない。

当事者の一人として終わらせに行かなければいけないとも思う。

だから、私は翌日クロードに連絡を取って、ヘリング侯爵が捕まっている地下牢に連れて行ってほしいと願い出た。

彼はかなり渋っていたが、何とか説得してケジメをつけさせてほしいという私の願いを聞き入れてくれた。

早速王城へと向かい、クロードと合流して二人でヘリング侯爵がいる地下牢に足を踏み入れた。

道中に私と彼の間で会話はなく、薄暗い地下牢の通路も私達だけの足音が響いていた。

とある牢屋の前でクロードは立ち止まり、人払いをする。

看守も誰もいなくなったところで、彼は中にいる人物を睨みつけた。

私も視線を向けると、二十二年前よりも目つきが鋭くなった老人がこちらを見ていた。

一目見て、ヘリング侯爵だと分かる。

見た目は大分変わっていたが、それでも雰囲気は以前のまま。

ヘリング侯爵はクロードに視線を向けると口を開いた。

「先に父親の元に行くかと思ったが、こちらに来るとはな。薄情な息子だ」

「姉が貴方に話があるとのことでしたので、連れて来ただけです」

「……姉？　どういうことだ。お前の姉は二十二年前に死んでいるだろう。まさかそこにいる子供のことを言っているわけではあるまいな？」

話が読めないのか、ヘリング侯爵は視線を私の方に向けてくる。

目が合った瞬間、私はニコリと微笑みを浮かべた。

地下牢に来た子供が笑みを浮かべるなど思ってもみなかったのか、ヘリング侯爵は面食らっている様子であった。

「お初にお目にかかります。お久しぶりでございます。アリアドネ・ルプス・フィルベルンと申します」

「……先帝の弟の孫か。久しぶりとはどういうことだ。お前とは会ったことなどないが」

「いいえ。何度もお目にかかっております。あの頃は随分と私を信頼して使い勝手のよい駒として扱ってくださったではありませんか。最終的には私に全ての罪を着せて逃亡なさいましたけれど」

「何を……」

何の話をしているのか全く分からないのか、ヘリング侯爵は眉根を寄せている。

まさか二十二年前に死んだアリアドネ・ベルネットがこの場にいるなんて思ってもいないだろう。

「ともかく、オドラン子爵夫人のいいようにされるとは年を取りましたね。昔の貴方なら細心の注意を払って確実に事を起こせると確信してから動いたはずですのに」

「黙れ」

「貴族派も二十二年前に散り散りになって、さして力のないスピア伯爵とネルヴァ子爵ぐ

らいしか内部の情報を流せる人間がいなかったのでしょうね。オドラン子爵も中枢に入り込めるほどの力はありませんし。よくこれで帝国に再び手を出そうと思いましたね」

「子供は黙っていろ！」

「私は事実を述べているだけですのに、どうして大きな声を出されるのですか？」

隣のクロードが小声で「事実だから心にくるんですよ」と囁《ささや》いている。

なるほど。ヘリング侯爵は未だに自分の正当性を信じていたのか。

理解していたらそもそも手出ししようなんて考えるはずもない。

「ですが、地下水路の隠し部屋にいたのは正解だったと思いますよ。あそこは貴族派でも限られた人しか知らない場所でしたから。実際に陛下を含めた皇帝派の皆さんは誰も知りませんでしたから」

「ならどうして！」

「それはその場所を知っている私がいたからでしょうね。スピア伯爵とネルヴァ子爵が関与していることも、彼らが当時情報を貴族派に流していたと知っていたのですぐに気付きましたもの」

私の言葉にヘリング侯爵は唖然《あぜん》としている。

目の前の十四、五歳の少女がなぜ知っているのか理解できていないようだ。

まだ言いたいことがあったので、私は彼の反応を無視して続ける。

「それと逃亡前に財産の一部を皇都の西外れにあるアマンダの廃屋に隠していらしたでしょう？　あそこは私も何度か隠れるのに使わせていただきましたものね。今回の資金源はそこからかしら」

「……なんなんだ。なんなんだお前は！」

知られていないと思っていたことすら言い当てられて、ヘリング侯爵は声を荒らげ目を瞠る。

そりゃあ、私は当事者なのだから当然知っている。

「アリアドネです。貴方と父に利用されて主犯にされて殺されたアリアドネ・ベルネットです」

「……なっ。馬鹿にしているのか！　あの娘は私が命じて殺させたはずだ！　そう報告されている！」

「ですから、私がそのアリアドネ・ベルネットなのです。信じたくないのでしたら、それでも構いませんけれど。というか、私を殺すよう命じたのは貴方なのですね」

言いながら私はため息を吐いた。

てっきり皇帝派の人間が先走って憎しみでやったことだと思っていた。

そうであれば仕方がないと思っていたが、貴族派、それもヘリング侯爵の差し金だったとは。

「私が罪を償う機会を奪ったのですね。ですが、こうして再びこの世に戻ってこられたのですからそこはもういいでしょう」

「よくありません」

ヘリング侯爵を射殺しそうな視線で睨みつけながらクロードは憤っている。

彼もまた皇帝派がやったことだったのなら、と抑えていたのかもしれない。

私の中ではさして大きな問題ではないし、ここで時間を取られても困るのでクロードの腕を摑んで落ち着かせる。

「ですが、姉上」

「怒ったところで私が死んだ事実は変わらないでしょう。過去は過去よ。時間も限られているのだから話を進めるわよ」

「……分かりました」

納得はしていないだろうが、それでも気持ちを落ち着かせてくれた。

随分と大人になったものである。

さて、と私はヘリング侯爵に再び視線を向けた。

彼は蘇《よみがえ》った死者を見るような目で私を見つめている。

まあ、合っているわけではあるが。

「二十二年の時を経て、主犯が捕まったのは非常に喜ばしいことですわね。年齢に伴う老いにはさすがのヘリング侯爵も勝てなかったというわけですけれど」

「あの事件の主犯はアリアドネ・ベルネットだ！　お前が暴走して起こした事件だろう」

「だとしたら、今回のことはどう説明されるおつもりで？　西方諸島で旧ラギエ王国の人間を唆し、今回の計画をして指示を出されたのは貴方でしょう」

「証拠などなかろう！」

「なければ作ればいいだけです」

私の言葉にヘリング侯爵は虚を突かれたような表情を浮かべている。

「何を驚いておられるのですか？　貴方がいつもなさっていたことではありませんか。……まさか品行方正な皇帝派の人間がそのようなことをするはずがないと思っていらっしゃったのですか？　私がいるのに？」

「おま……お前……！」

ヘリング侯爵は私の性格を嫌というほど知っている。

確実に実行に移す人間であることを側で見ていたから。

外部との接触を断たれている今、ヘリング侯爵が策を弄《ろう》することなどできない。

帝国にいる貴族派も全て捕まえているから、もう逃げられないのだ。

「大体、貴方がなさったことは全て事実ではありませんか。わざわざ自ら罠《わな》にかかりにいらっしゃるとは、ご苦労さまです。……二十二年前の罪を償ってくださいませ」

「ふざけるな！　この帝国は儂《わし》のものなんだ！」

「行くわよクロード」

「はい」

もうヘリング侯爵に用はない。

どうあがいたところで二十二年前の記憶がある私が全て潰してやる。

彼の負け犬の遠吠《とおぼ》えを聞きながら、私達は地下牢から外に出た。

「姉上にいただいた情報から証拠は十分取れました。ご協力ありがとうございます」

「私ができることはこれくらいしかないもの」

「……必ず姉上の汚名は雪《すす》いでみせます」

「一番はまず国民のためよ。それを間違えてはいけないわ。私のことはついででいいの。分かったわね」

「はい……」

納得してなさそうな返答ではあるが、クロードのことだからきっと他をおざなりにはしないだろう。

私の汚名はともかく、これで二十二年前の毒殺事件は解決に向かう。

「……やっと終わるのね」

これでこの国はようやく前に進むことができる。

よかったと心から思う。

「これから始まるんですよ。姉上の人生はこれからやっと始まるんです」

「終わりは始まりとはよく言ったものね」

「落ち着いたらテオドールにも会ってやってください。寂しそうにしていましたから」

「相変わらず可愛らしいわね」

「可愛いだけですか？」

「……頼もしくて勇敢でいつの間にか男の人になっていた素敵な方よ。見かけると安心してつい目で追ってしまうのよね」

クロードは目を見開いて口をパクパクと動かしている。

驚きすぎて声が出ないようだ。

「この気持ちが好きなのかどうか分からないけれど」

「好きです！　それは好きということです！　ああ、よかった……。気が変わらない内に早く動かなければ……！　落ち着き次第、フィルベルン公爵家に婚約を打診させていただきます！」

「落ち着きなさいよ……」

「姉上が爆弾を投げ込んでくるからでしょう！」

「まさかこのような反応をされるなんて思ってなかったからよ」

このテンションの高さのクロードを見るのは初めてかもしれない。

そんなに嬉しかったのか。

弟に祝福されるのは、悪い気分にはならないものだな。

むしろ、嬉しいかもしれない。

さて、テオドールはどういう反応をしてくれるのだろうか。

それが少し不安でもある。


帝国を揺るがした今回の事件からしばらく経ち、主要な犯人達の処遇が全て決まった。

主犯のヘリング侯爵に私の父親であったベルネット元伯爵、オドラン子爵夫人は処刑。

ヘリング侯爵と繋がっていた家門は爵位没収の上で国外追放となった。

オドラン子爵は夫人に利用されていただけだったのが判明したため謹慎処分となったが、責任を感じたのか爵位を返上し皇室の監視下に置かれることを望んだ。

きちんとした裁判も行われた結果、二十二年前の毒殺事件の真相も明かされた。

あの件はアリアドネ・ベルネットが主導していたのではなく、ヘリング侯爵とベルネット元伯爵が主体となって動いていたこと。

毒物はベルネット元伯爵が私から盗んだものを使用していたことが公になった。

悪女だと思われていた女性は利用されただけの被害者だったのだと周知されることになったのである。

これはクロードの功績だろう。随分とあちこちで動いていたようだから。

彼の献身的な行動には頭が下がる。

それだけ姉として慕ってくれていたのだ。一度死んだけれど、弟のそうした思いを知れたことは何物にも代えがたい。

あの頃の私にも損得勘定抜きにして思ってくれている人がいたのだから。

「できれば死ぬ前に気付けたらよかったのに……」

ポツリと呟いた私の言葉に「今、なんて言ったの?」とテオドールが問いかける。

私は笑顔で何でもないと首を振った。

事件が落ち着いて、フィルベルン公爵家から正式にテオドールへ婚約の打診をしていた。

そう、私がエリックに頼んで婚約させてほしいと頼んだのである。

今日は、その件に関してテオドールから話があると直々にフィルベルン公爵家に訪ねてきていた。

断るつもりはないだろうとは思うが、どういう話なのか読めなくて柄にもなく内心うろたえている。

屋敷の庭で私とテオドールは二人でお茶を飲んでいる真っ最中。

ここは私から切り出した方がいいのか。それとも彼から言ってくるのを待つべきか。

どうでもいい相手なら上手くやれる自信があるが、そうじゃないから対応が分からない。

何杯目か分からない紅茶を飲んでいると、テオドールがコップをテーブルに置く音が聞こえる。

ついに来たかと身構えていた私に彼は問いかけてきた。

「婚約の件なんだけど……。アリアがフィルベルン公爵に頼んだって聞いたんだけど本当なの？」

「ええ」

「アリアが僕との結婚を望んでいるっていうこと？」

「そうです」

「それは僕と結婚することが両家のためになるから？」

「結婚において一番重要なのはそこではありませんか？」

いまいちテオドールが何を言いたいのか分からなくて首を傾げてしまう。

彼はずっと私に好意を抱いていたから喜んでくれると思っていたのに、今の彼からはそ

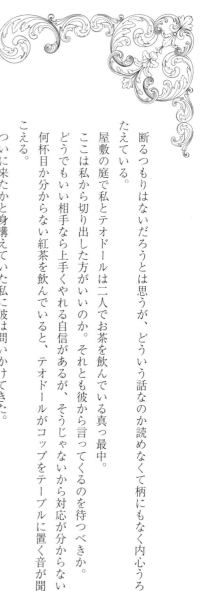

のような感情がないように思える。

一体どうしたというのか。

「そうだね……。アリアは悪くないよ。僕が欲張りだからこういう気持ちになってるだけだから」

「そのようなことはありません。テオ様は謙虚な方ではありませんか」

「ううん。僕はアリアが思っているよりも欲張りだしないものねだりなんだよ」

私の目を見て、テオドールは困ったように微笑んでいる。

どう考えても私の中ではそのイメージはない。クロードに遠慮して本心を言えなかったではないか。

自分よりも他人の感情を優先する優しい子だというのに。

「かっこ悪いところなんてアリアに見せたくないから、黙ってただけなんだよ。本当の僕は小さい人間なんだ」

「本当に小さい人間は他者にその気持ちを打ち明けることはしませんよ」

「アリアがそうじゃないよと言ってくれる人だから甘えてる卑怯者なだけ」

「甘えることの何が悪いのですか？　私は弱音を吐き出してもらえる存在になれたことが嬉しいです。心を許せる相手になれたことを光栄に思います」

「アリアは優しいね……」

「どうしたのですか？　何がそのように引っかかっているのですか？」

すんなりと婚約が受け入れられると思っていたのに、どこに引っかかっているのか。

テオドールの本心が分からなくて私は不安に駆られる。

私の言葉を受けて下を向いていた彼がゆっくりと顔を上げた。

「僕はアリアが家のために僕との婚約を決めたんじゃないかって思ってて……。勿論、アリアと婚約できることは嬉しいし望んでいるよ？　でも今は僕の小ささに自己嫌悪してるだけなんだ」

「テオ様の不安を私に教えてください。自覚しなければ私も改善できませんわ」

「アリアは何も悪くないよ……！　ただ、僕はアリアが好きだから……アリアも僕を好きでいてくれたらなって思っちゃってるだけで」

「私もテオ様が好きですよ？」

「…………へ？」

テオドールはまるで鳩が豆鉄砲を食ったような表情で私を見ている。

あ、そういえばまだ私はテオドールに自分の気持ちを伝えていなかった。

私の気持ちが分からなくて不安になっていたのか。

「男性を好きになったことがないので自信はありませんが、テオ様を見ていると可愛いなあと思ったり、つい目で追ってしまったり、たまに見せる真剣な表情を見るとなんだか心が温かくなります。それに一緒にいるととても安心するのです。……これは異性に対する好きという気持ちなのだと思ったのですが、普通は違うものなのでしょうか？」

「違わない！　それは恋愛感情の好きの方！」

テオドールが席を立ち前のめりになっている。

ここまで言うということは、ちゃんとこれは恋愛感情なのだ。ホッとした。

「ほ、本当に僕のことが好きで婚約をフィルベルン公爵にお願いしたんだ……」

「そうだったのですが、私が先走ってしまったせいでテオ様を不安にさせてしまいましたね。申し訳ありません」

「ううん！　今、こうやって話してもらえたから大丈夫。それよりもいつから僕のことを……その、好き……だったの？」

「自覚したのは新入生歓迎パーティーのときでしょうか。それ以前から好ましいという感情は抱いていましたので明確にいつかは分かりませんが……」

私がそう言うとテオドールは嬉しそうにはにかんでいる。

この純粋な人に何かあったら私が裏であれこれして手助けしていこう。

「ずっと弟みたいに思われてるんだろうと思ってたから、僕を好きになってくれるなんて夢みたい。僕はまだまだ未熟だけど、アリアの隣に立つに相応しい男になるから」

「今でも十分テオ様は素敵です。今回の件だって裏でテオ様が動いてくれたからこそ、助けられた面もありますもの。勘が鋭くてピンポイントに何を調べればいいのかを判断されてましたしね」

「それは僕がアリアをずっと見てたからだよ。あと義父上のこともだけど。……僕、アリアと義父上の関係性に憧れているから」

「私とリーンフェルト侯爵の、ですか？」

何か疑いを持たれているのかと焦《あせ》る。

けれどテオドールの表情は変わらずにこやかなままだ。

「アリアの聡明さと博識なところも誰が相手だろうと物怖じしないところも尊敬しているんだ。義父上の自信に満ちた冷静な大人の姿もね。それに心から相手を信頼しているっていう二人の関係性に憧れるんだ」

「ああ、そういう」

「婚約するから終わりじゃなくて、アリアから頼られる存在になれるように……義父上を超えられるように努力は惜しまないよ」

「きっとテオ様ならリーンフェルト侯爵を超えられますよ」

そんなことはない、とテオドールは言いたそうな表情をしているが、嘘ではない。

良くも悪くもクロードは良い子で正攻法しか取れない人間なのだ。

けれどテオドールは場合によって多少の無茶もできてしまう。

これから様々な経験を積んでいけばクロードを超えることは可能だと私は思っている。

私のように道を外すこともないだろうし。

「アリアに言われると本当にできそうな気持ちになってくるから不思議」

「その言葉を聞けて嬉しいです。テオ様を隣でお支えしていきますから、これからよろしくお願い致しますね」

「アリアと一緒ならどんなことだって乗り越えられそうだね。僕もアリアが安心して肩を預けてくれるように頑張る。……僕を選んでくれてありがとう」

真剣な眼差しのテオドールに両手を握られ、心が締め付けられるような感覚を抱いた。

これも恋の症状のひとつなのだろうか。

けれど不快感はなく、どこか幸福な気持ちがした。

きっとこの人とだったら大丈夫。

（アリアドネもよかったと言ってくれるかしら）

返事なんてないけれど、願わずにいられない。

いつかあちらに行ったときに私が決断した全ての答え合わせができるはず。

私と同じ名前を持つ可愛いあの子に会うのが今から楽しみだ。

気弱令嬢に成り代わった元悪女

書き下ろし短編

✦私の婚約者

My fiancée.

学院を卒業してしばらく経った頃、フィルベルン公爵家にお茶会への招待状が届いた。

送り主はサベリウス侯爵家のシルヴィア様。

皇太子の婚約者として忙しそうにしているから、お茶会に招待されたことに少々驚いた。けれど。

「ああ……平民のアビーが実はシルヴィア様だったと判明して混乱していた社交界が落ち着いたからかしら」

あの時の貴族達のうろたえぶりはそれはもう見物だった。

特にアビーに突っかかっていたエレディア侯爵家のミランダさんの慌てっぷりと言ったら……。

「自己保身に必死だったわね」

自分は知らなかったから、知っていたらあんなことはしていないとシルヴィア様に言い訳していた。

皇太子の婚約者というだけあって、シルヴィア様は知らなかったのなら仕方がないと流していた。

なんとも心の広い人だと思う。

ただし、エレディア侯爵家との付き合いは最小限にしているあたり線引きはきちんとしているのだろう。

なんとも大貴族らしい対応だ。

「敵に回したくはない家よね。……さて、お茶会に着ていくドレスやアクセサリーを作らなければね。あと、お土産も。シルヴィア様が喜んでくださるといいけれど」

ミランダさんのことはさておき、まずはそこだ。

フィルベルン公爵家とサベリウス侯爵家は両家共に親交を深めておきたいはず。

特にシルヴィア様はこれまで社交界に出られることがほぼなかった。

皇太子妃としてある程度の勢力を作っておく必要がある。

「社交界である程度の影響力を持つには四大名家の令嬢が味方にいる、というのは有利に働くはずだものね」

私としても未来の皇太子妃と良好な関係を築くのは歓迎だ。

何かがあったときに話を聞いてもらえる立場というのは大事だから。

そしてお茶会当日。

ミントグリーンのよそ行きの服に身を包んだ私はサベリウス侯爵家に向かった。

使用人に丁重にもてなされて庭園にあるテーブル席に案内される。

主催のシルヴィア様に挨拶をしていると、背後から新たな客人がやってきたようで少し騒がしくなる。

そちらに目をやると、皇太子とテオドールがやってくるのが見えた。

学院時代はそれほど一緒にいるところを見たことがなかったが、卒業後は何かと連携を取ることが多いらしく親交を深めているのだと聞いたことがある。

テオドールは私を見つけると嬉しそうに微笑んでみせた。

あれから更に背が大きくなり、立派な青年に成長した彼の微笑みは周りの令嬢達から黄色い悲鳴を引き出している。

罪作りな人だ、と思いながら私は皇太子とテオドールに対してカーテシーをして挨拶をした。

「狩猟大会以来か。あのときはシルヴィアを助けてくれて感謝している。まだ礼を言ってなかったと思ってね」

「四大名家の令嬢として、殿下の婚約者であるシルヴィア様をお守りするのは当然のことです」

その狩猟大会でシルヴィア様が初めて公の場に出たのだ。

ミランダさんが慌てふためいていたのもそのとき。

皇太子の婚約者で四大名家の令嬢であるシルヴィア様に色々な思惑のある貴族達が群がって彼女は対応に苦戦していた。

なので、私が間に立ってフォローしたのである。皇太子はそのときのことを言っているのだろう。

「ですが、私の助けなどなくともシルヴィア様は上手く場を収められたかと思います。差し出がましい真似をしてしまったのではないかと気にしておりました」

「差し出がましいだなんてとんでもありません。ひっきりなしに人が来てどれほど私が混乱していたか。アリアドネ様のお蔭で冷静になれたので本当に助かりました」

「初めての場は緊張しますものね。私の行動がシルヴィア様の助けになれたのならよかったです」

ニッコリと笑みを浮かべるとシルヴィア様も微笑み返してくれた。

裏表のない素直な人なのだろう。

口の上手い人に騙されないよう、これからもフォローしていかなければ。

話が落ち着いたところで、シルヴィア様が周囲を見ながら口を開いた。

「申し訳ありません。お客様がいらっしゃったのでご挨拶に向かいますね」

「ああ、私も一緒に行こう。では、失礼」

断りを入れた二人は到着したお客様の方に視線を向けて私達から離れていく。

「初めて主催するお茶会だから忙しそうだね」

去っていった二人の後ろ姿を眺めていたら、テオドールから話しかけられた。

「そうですね。結婚式の準備もお有りでしょうに細かなところにまで気遣いが見られて、シルヴィア様の誠実さがよく分かりますね」

「僕たちの婚約式の準備も大変だったからね」

「四大名家同士ですし、皇族以上の規模や派手さにならないようにとの配慮が本当に大変でした」

少し前にあった婚約式を思い出して私は苦笑する。

けれどテオドールは少し違ったようで肩をすくませた。

「それもだけど、アリアのドレスやアクセサリーで妹君があれがいいこれがいいって僕の勧めたものを全力否定してきたじゃない？　あれには手を焼いたよ」

「結婚すればこれまで通り関わるのは難しくなりますし、あの子も寂しいのでしょうね。可愛いものだわ」

「結婚しても今まで通り関わってきそうだと思うのは僕だけかな」

あははとテオドールは真顔で乾いた笑いを出している。

強く否定できないのが悲しいところだ。

姉の私からすれば可愛らしい我が儘に映るがテオドールからしたらそうではない、ということを肝に銘じておかなければいけないと思った。

「度が過ぎていたら注意します。これからの人生を共にするのはテオ様ですから」

「……ありがとう」

口ではありがとうと言いながらも、テオドールの表情は浮かない。

私と視線を合わせずに下を向いている。

私との結婚が嫌というわけではないだろうし、セレネのことが気がかりなのだろうか。

だが、何かあればきちんと私に言ってくれるからそれも違うような気がする。

「何か……気になる点がお有りなのですか?」

それとなくテオドールに聞くと彼は目を彷徨《さまよ》わせている。

言おうかどうか悩んでいる素振りだ。

「言いにくいのであれば言わずとも大丈夫です。ですが、テオ様の悩みを解消して差し上げたいとも思うのです」

「いや……言いにくいというか。自分でもどうなるか分からないから不確定なことで勝手に悩んでるだけというか」

うーんと言いながらテオドールは言い淀んでいたが、私の視線に負けたのか彼は気まずそうに口を開いた。

「結婚して……その、子供が生まれたときにね。僕は果たしていい父親になれるのかな？　って。幼少時に両親を亡くしていて父と過ごした記憶はあまりないし、義父上とも今は良好な親子関係を築けているけれど、本当の親子というわけでもないでしょう？　だから自分の子供とどう接すればいいのかなって」

「それは私もですね」

「え？」

驚いたようにテオドールが私を見やる。

「私だって健全な家庭で育ったわけではありませんもの。両親はアレでしたしね。幸い従兄であるフィルベルン公爵がいらしたお蔭でなんとかなりましたけれど」

私がそう言うとテオドールも思い出したのか「あー」と声に出した。

かくいう私も母親になれるか自分の子供を愛せるのかという心配はある。

けれど周囲の人がきっと助けてくれる、それ以上に子供に愛情を注いでくれるという信頼があるからそこまでの不安を抱いてはいない。

特に私は前世での家族関係も悪かったので普通の家庭がどのようなものか想像することしかできない。

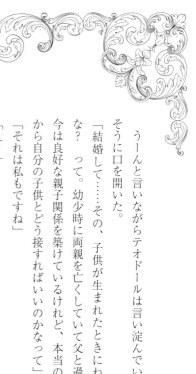

（でもセレネのことを愛おしく思っているし、自分の産んだ子……それもテオドールとの子供であれば邪険に扱うことは絶対にないはず）

母親として愛情を注げるかどうかは分からないが、悪い母親にはならないだろう。

駄目な見本は山のように見てきたのだから。

逆にテオドールは悪い見本がいなかったから余計に不安を感じているのかもしれない。

これぱかりは体験していないと分からないから。

「……大丈夫です。テオ様は子供を愛せる人です。私が産んだ子をテオ様が愛せないはずがありません。それにテオ様は人を愛する方法を知っています。愛されたいという感情を知っています。自分がしてほしかったことを子供にしてあげればいいのではないでしょうか？」

「アリアの産んだ僕の子供……」

想像しているのかテオドールは無言になり考え込んでいる。

「アリアに似たらきっと可愛いよね」

「中身まで似てしまったら問題だとは思いますけれどね」

私としては見た目も中身もテオドールに似てほしい。

アリアドネに似ていても良いが、中身は絶対に私に似てほしくないところだ。

「僕は消極的なところがあるから、間違ったことには間違っていると言える強さがあるアリアに似てほしいと思うよ」

「以前はそうでしたけれど、今はテオ様だって毅然《きぜん》とした対応をされているではありませんか。いつも頼もしいと思っているのですよ?」

「あ、ありがとう」

予想していなかったのかテオドールは頬を赤らめて私から視線を逸らした。

こういう反応を見せる彼が可愛らしい。純粋さをこれからも失わないでほしいところだ。

「……たとえどちらに似たとしても、周りにはリーンフェルト侯爵やフィルベルン公爵もいますし、手を貸してもらえる状況ですからそこまで不安に思わずとも大丈夫です」

「そう、だね。……でもね、もしも僕が親として駄目なことをしていたら」

「妻である私がフォローします。お互いの不足している部分を補い合うのが夫婦でしょう?」

「アリア……」

「ですので、もし私が母親としてよくないことをしていたらテオ様も私に注意してくださいね」

「それは大丈夫だと思うけれど、分かったよ」

「未来の話ですし、どうなるかなんて分かりません。もしかしたらもの凄く子煩悩になるかもしれないじゃありませんか」

むしろそちらの方が可能性としては高そうだ。
テオドールが子供を蔑《ないがし》ろにする姿はとても想像できない。
しかし真面目故にこじれるかもしれないから、注意深く見ていようとは思う。
「お互い親としては初心者ですから、悩みも共有して親として成長していきましょう」
私がそう言うとテオドールは安心したように微笑んだ。
真面目すぎるほど真面目な人だからきっと大丈夫。
私はそう思っている。

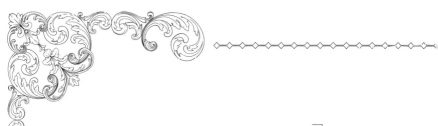

僕の母

My mother.

我が家の母は謎が多い人だ。

まず知り合いが異様に多い。

母は四大名家であるリーンフェルト侯爵夫人だし、皇室と一番血が近いから交友関係が広くて当たり前なのだが、それを差し引いても多いのだ。

なぜ海を隔てた大陸にある王国の国王夫妻と仲が良いのか。

なぜ国外からの来訪者が多く屋敷に来るのか。

確かに母は毒や薬の知識が豊富で皇帝陛下からも頼りにされている面はある。

教えを請おうと訪ねてくるのも分かる。

しかし、前リーンフェルト侯爵であり僕のお祖父《じい》様の方が毒や薬の専門家として有名なのだ。

控えめで表に立つことはあまりなく、冷静で夫を尊重しサポートする母しか僕は見たことがないので不思議で仕方がない。

今も母を訪ねてきた客人の対応をしているのを見て僕は首を傾げている。

少しして話が終わったのか、僕の視線を感じ取った母と目が合った。

母も首を傾げながら僕の方へと歩み寄ってくる。

「不思議そうな顔をしてどうしたのかしら？」

「謎の多い母上のことを考えていました」

僕がそう言うと、母は驚いたように目を瞠った後で呆れたように笑った。

「人は謎が多いものよ。見えるものだけが全てではないわ」

「それは分かっていますが、帝国に長年貢献してきたお祖父様より母上の方に客人が多いので。……あ、母上が貢献していないという意味ではありません……！」

「大丈夫よ。分かっているわ。貴方達には母親の顔しか見せていないからそう思うのも無理はないと思うもの。けれど、これでも一応帝国の薬室で働いていたのよ」

「そうだったんですか!?」

誰からもそんな話は聞いたことがなかったから驚いた。

屋敷で侯爵夫人として忙しそうにしている母しか見たことがなかったからなおさらだ。

「学院を卒業してから貴方が生まれるまでの間ね。短い期間だったけれど、その間に色々とあったのよ」

「色々……」

「来客が多いのは、仕事の都合や外交で国外に行くことがあったりしたからよ。その関係で、ね」

「それも僕が生まれる前の話ですか？」

「そうね。割と忙しかったわ」

母は目を細めながら懐かしそうにしている。

もしかしたら母はもの凄い才能を持った凄い人なのかもしれない。

けれど、僕が生まれたからその道が絶たれたのだとしたら……。

「余計なことを考えているでしょう？」

母の指摘に僕はドキッとした。

いつもこうだ。僕が何かに悩んでいるとこうして母は何でも見透かしてしまうのだ。

「……母上は働くのが好きだったのに、僕が生まれたから屋敷にいるしかなくなったんじゃないかって」

「それはちょっと違うわね」

「え？」

「働くのが好き、というよりは人を助けたいという気持ちの方が大きいわね。それは別に薬室の仕事をしなくてもリーンフェルト侯爵夫人としてもできるもの。それに自分の家族をおざなりにして人助けなんて本末転倒もいいところよ。それはただの自己満足でしかないわ。大体、私は今の自分の生活に満足しているし幸せだと思っているのよ」

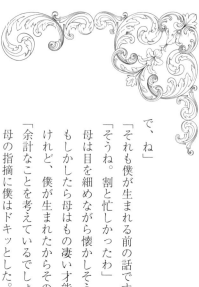

日頃聞いたことがなかった母の本心を聞くのは新鮮であると同時に、僕の存在が足枷《あしかせ》になっていなかったことを知れてホッとした。

母はそんな僕を見て優しげな笑みを浮かべる。

「貴方は本当にテオ……お父様によく似ているわね」

「父上に、ですか？」

「あの人も自分に自信がなくて自分なんて……って言うタイプだったのよ」

「ええ!?　あの父上が？」

「そう。即断即決、情に流されないあのお父様が、よ。とは言っても子供の頃の話だけれどね」

意外だ。

本当に意外だ。

普段は口数が少なく仕事人間のあの父が昔、自己評価が低かったなんて。

「……子供の頃、ということはそのときから父上と母上は知り合いだったんですか？」

「お互いに四大名家の子供だったから顔見知りではあったわね。仲良くなったのは十二歳くらいの頃かしら」

「何が切っ掛けで仲良くなったのですか？」

「狩猟大会のときに私が乗った馬が暴走して森に突っ込んでしまったのよ。それで前リーンフェルト侯爵に見つけてもらって助けていただいたの。その縁でお屋敷に呼ばれることが増えて、という感じね」

情報量が多すぎる。

まず馬が暴走して森に突っ込んで行ったとはどういうことか。

というかお祖父様が助けるなんて母の実家は何をしていたのか。

普通にフィルベルン公爵家とは仲が良いからなぜそうなったのか想像ができない。

「母上に怪我はなかったんですか？」

「枝に当たってかすり傷を負ったくらいでなんともなかったわ」

「……よく、無事でしたね」

「乗馬には自信があったからかしらね」

「自信があるだけで暴走した馬の制御はできないんですよ……」

淡々と母は語っているが、やっていることはかなり難易度の高いものだと気付いているのだろうか。

十二歳でそれをやるとは、もしや母は僕が思うよりも凄い人なのかもしれない。

「経験があったからなんてことなかったわ。まあ、狩猟大会の話はここまでにしてお父様とはそれからの付き合いね。リーンフェルト侯爵の領地に招かれて夏の間過ごしたりして仲良くなっていったのよ」

「そうだったんですね。初めて聞いたから意外でした。……もしかして母上との出会いで父上は今のようになったということなんですか？」

「お父様に影響を与えたという意味ではそうでしょうね。けれど、彼が変わりたいと思ったから変われたと私は思っているわ」

大したことはしていないと言っているが、そういう気持ちにさせたのだから母上の存在は大きかったのではないだろうか。

それにしても父上にもそのようなときがあったのだなとなんとなく親近感を持ってしまう。

「貴方が思うよりもお父様はとても不器用な人なのよ。真面目だから子供とどう接すればいいのか手本が少なすぎて悩んでいるのでしょうね。そういう部分も可愛らしいと思うけれどね。可愛らしいのは今も昔も変わらないかしら」

フフッと微笑みながら母は昔を懐かしんでいる。

だが、僕としてはあの父が可愛いとは思えない。向かい合うと緊張するし、圧で上手く喋《しゃべ》れなかったりする。

可愛いなんて気持ちとは正反対の思いを抱いているのだから。

「あら、疑わしい眼差しをしているわね」

冗談めかして言う母は笑いながらこの会話を楽しんでいるようだった。

「父上が可愛いには同意できないからです」

「そう？　子供には威厳を見せなければと頑張っている姿は本当に可愛らしいわよ」

「い、威厳……？　ですが、子供である僕にバラすと父上は嫌がるんじゃ……」

「仕方がないわよ。だって貴方、お父様を怖がっているじゃない。本当のあの人は愛情深い優しい人だから家族間ですれ違いが起こるのは歯がゆくて」

ハァ……とため息を吐いた母の表情は本当にどうしようかと悩んでいるようだ。

父が少し苦手なのは間違っていない。

普段あまり必要以上に喋らないから何を考えているのか分からないのだ。

「テオの見本がお義父様だからというのもあると思うのだけれど、もう少し感情を出してもいいと思うのよね」

「……お祖父様は穏やかでいつも僕のことを気遣ってくれて優しい方じゃないですか。父上とはタイプが違うと思うのですが」

「年を取って丸くなっただけよ」

鼻で笑うように母が呟く。

たまに祖父に対して辛辣《しんらつ》になるのはなぜなのだろう。

それに時折、祖父を顎で使っている姿を見たことがある。

母は祖父が嫌いなのだろうかと思ったときもあったが、その割には体調をよく気遣っていたり無理をさせないように配慮したり祖父に対して笑顔を見せていたりする。

なので嫌いなわけではないのだと思う。

他の家ではどうなのか分からないが、少なくとも二人は義理の父と息子の嫁の距離ではないような気がする。

なんというか、父上以上に心を許しているようなそんな感じだ。

どちらかというと姉弟並みの距離の近さだと思う。

僕にも妹がいるから、そう思っただけだけれど。

「お義父様も昔はテオとの関係に悩んでいたのよ。子供には親の背中を見せていればいいと思っていたのね。まあ、お義父様は結婚されてないし実子もいないから、息子とどう接すればいいのか分からなかったのよね」

母はボソッと「実親はクズだったしね」と呟いた。

子供の僕には何も知らされていないが、リーンフェルト侯爵家は色々とややこしい事情があるのだなと感じる。

「母上はもう少し大きくなったらって言いますけど、僕はお祖父様や父上の過去をもっと知りたいです」

「知ることは悪いことではないと思うわ。けれど、受け止めるには精神的に未熟だと自分の中で処理をするのは難しいと思うのよ。……例えば、実は私と貴方は血が繋がっていないのよと言われたらどう？」

「それは……ちょっと受け止めきれないです、ね」

「でしょう？　だから少しずつ貴方にお話ししているの。……子供には何も悩まず幸せを感じて育ってほしいから」

そう言って母は僕の頭を優しく撫でた。

いつも忙しそうにしている人だが、絶対に僕のことを疎かにしないことがこうした仕草で分かる。

愛されているのだと実感して安心できる。

「お父様には私から話をしてみるから、あまり思い詰めないようにね」

「聞き入れてくれるでしょうか？」

「柔軟な方だからきっと大丈夫よ。それにあの人は私に弱いもの」

自信ありげに笑う母を見ていると、なんだか大丈夫そうに思えてきて僕は頷いた。


数日後。

朝食時にもの凄くぎこちない様子の父が勉強はどこまで進んでいるのかとか、一度剣の手合わせをしようか？　など声をかけてきてくれた。

僕の反応を窺っているようで何度も母の方を見ながら少し緊張しているようにも見える。

なんとなく母が父のことを可愛いと言っていたのが理解できた。

僕が思っている以上に父は不器用な人だったらしい。

あと母はどんな手を使って父を説得したのだろうか。

やっぱり謎な人だ。

気弱令嬢に成り代わった元悪女　02

2024年6月28日　初版発行

著　白猫

画　八尋八尾
発行者　山下直久
編集長　藤田明子
担当　山崎悠里
装丁　AFTERGLOW
編集　ホビー書籍編集部
発行　株式会社KADOKAWA
〒102-8177 東京都千代田区富士見2-13-3
電話 0570-002-301（ナビダイヤル）
印刷・製本　図書印刷株式会社

Printed in Japan　ISBN 978-4-04-738030-1　C0093